as coisas humanas

Lya Luft

as coisas humanas

1ª edição

EDITORA RECORD
RIO DE JANEIRO • SÃO PAULO

2020

CIP-BRASIL. CATALOGAÇÃO NA PUBLICAÇÃO
SINDICATO NACIONAL DOS EDITORES DE LIVROS, RJ

L975c   Luft, Lya
      As coisas humanas / Lya Luft. – 1ª ed. – Rio de Janeiro:
    Record, 2020.

      ISBN 978-85-01-11778-6

      1. Crônicas brasileiras. I. Título.

                    CDD: 869.8
19-58886   CDU: 82-94(81)

Leandra Felix da Cruz – Bibliotecária – CRB-7/6135

Copyright © Lya Luft, 2019

Todos os direitos reservados. Proibida a reprodução, armazenamento ou transmissão de partes deste livro, através de quaisquer meios, sem prévia autorização por escrito.

Texto revisado segundo o novo Acordo Ortográfico da Língua Portuguesa.

Direitos exclusivos desta edição reservados pela
EDITORA RECORD LTDA.
Rua Argentina, 171 – Rio de Janeiro, RJ – 20921-380 –
Tel.: (21) 2585-2000.

Impresso no Brasil

ISBN 978-85-01-11778-6

Seja um leitor preferencial Record.
Cadastre-se em www.record.com.br
e receba informações sobre nossos
lançamentos e nossas promoções.

EDITORA AFILIADA

Atendimento e venda direta ao leitor:
sac@record.com.br

Este livro pertence a meu filho
ANDRÉ,
morto no mar que tanto amou.
Como um meteoro belo e
intenso, deixou um rastro
cintilante de
memórias que nos iluminam.

Também o dedico a Mariel e seus filhos
João Pedro e José Arthur;
a Susana e Eduardo com suas famílias;
e sempre a Vicente.

Roteiro

1 | Depoimento	11
2 | Frente a frente	13
3 | No fundo das águas secretas	16
4 | Para quem acredita, existe	22
5 | Somos Fênix	26
6 | Terra de ninguém, ou de muita coisa	28
7 | O elefantinho gentil	31
8 | O menino e sua mãe	34
9 | O outro lado	37
10 | Construir, tecer	40
11 | De primeira necessidade	43
12 | Não temos de	46
13 | O diabinho no ombro	49
14 | Para não dizer adeus	54
15 | Amigos	57
16 | Drogas, não	60
17 | As virgens loucas	63
18 | Fala um personagem	66

19	A trança no papel de seda	70
20	Meg, a Gorda	73
21	Dicionário para crianças	76
22	Perdas & peras	79
23	Essa em que não queremos falar	82
24	Os diferentes	89
25	Ainda os diferentes	93
26	Panorama visto da infância	95
27	Humanos e animais	103
28	Intimidades	106
29	O que nos devora ou nos expande	109
30	Os pacíficos e os ferozes	112
31	A luz da vida	115
32	Do tempo	118
33	A jornada	121
34	Flor, adubo, abismo	123
35	O espelho por cima da mesa	127
36	Erros de pessoa	130
37	As águas	133
38	Palavras e palavrões	136
39	Névoas	139
40	Mais sobre palavras	142
41	A dor do mundo	145
42	O luxo do simples	148
43	Onde quer que estejam	151
44	Fadas, bruxas e a luz no túnel	154
45	Aquela a quem não dei colo	159
46	Não sei se quero saber	162
47	Dona Wally e eu	166

48	Essa estranha dança	169
49	O dedo que acusa	172
50	Escolhas e azares	175
51	Tema sem fim	178
52	Logo ali na esquina	182
53	Equilibrista com rede	185
54	O miúdo e o esplêndido	188
55	Aqueles morros azuis	191
56	Nós, os contemporâneos	194
57	Falando da vida	198
58	O susto nosso de cada dia	201
59	Afetos e projetos	204
60	Maternidades	207
61	Estrelas para os humanos	210
62	Fala da casa inventada	213
63	Essa amante chamada esperança	216
64	Beleza e paciência	219
65	O coração do enigma: jovens suicidas	222
66	Os belos, cálidos dias	225
67	Celebrações	228
68	Menina na tempestade	231
69	Mulheres & mulheres	234
70	Audácia e fervor	238
71	O relógio silenciado	241
72	A semente escura	244
73	Os calados e os quietos	247
74	Na escada rolante	250
75	Predadores de almas	253
76	Feridas e flamboyants	256

77	A Velhíssima Senhora	259
78	A vida tem que ter sentido?	262
79	No palco	264
80	Das inúteis aflições	266
81	O policial	269
82	Para quem não gosta de poesia	273
83	Família careta	276
84	Por que nos matamos	280
85	Não ir para Pasárgada	284
86	Falar cachoeiras	288
87	À beira do abismo	291
88	A dádiva	294
89	Dupla mirada	298
90	Lobos e cordeiros	301
91	A casa da vida	304
92	Sonho de consumo	307
93	Pequena clareira na confusão	309
94	Os oitenta	312
95	O grande silêncio	315

1 | *Depoimento*

(De uma colega de faculdade de André,
que não conheci, mas me enviou — ou
alguém me enviou —, e a ela, Sabrina,
agradeço este lindo texto.)

"Alemão.

Nada naquele rapaz fazia sentido: seu tamanho, sua beleza, ou ser filho de uma conhecida intelectual. Muito menos estar cursando Agronomia. Chamavam-no Alemão. Quando me contaram que era filho da Lya Luft eu olhei descrente. O cara era um gigante, os olhos dele dois faróis acesos. E passavam uma inquietação, ele vivia se mexendo, não cabia direito na cadeira.

Ficamos no mesmo grupo de estudo em entomologia. Acho que foi a única cadeira da faculdade que fiz com ele. Depois de formados a gente fica sabendo o que foi feito da vida de cada colega. Reencontrei o Luft no Facebook, e vi que ele ganhou o mundo. Estava trabalhando em outro

as coisas humanas | *11*

continente, fazendo um trabalho maravilhoso ao lado de sua mulher. Quando a gente conhece a realidade rural, e o universo das empresas internacionais, e tudo o que envolve o nosso trabalho de agrônomo(a), e sabe de um colega envolvido em um trabalho tão completo como o do Luft, vem um sentimento de profunda admiração.

Quando eu soube que o Luft tinha partido, pensei em reencarnação pois muitas pessoas em várias encarnações não irão viver a bela vida que meu colega viveu. Poucas pessoas terão a dimensão do Engenheiro Agrônomo Luft.

Perder pessoas que a gente admira é triste, mas agradecemos por tê-las conhecido."

2 | *Frente a frente*

Quem é esta que aqui escreve?

Para mim mesma, um pouco de mistério. Acredito que estamos mergulhados nele, numa floresta intricada, abrindo caminhos, varando torrentes, procurando sol ou estrelas, arranhados, tropeçando, sangrando mas encontrando, inesperadas, pequenas clareiras de fatos ou memórias.

Ou enxergando, coração acelerado, a saída do labirinto.

Este é um livro de textos avulsos que fui escrevendo na hora, ou colhendo aqui e ali do que já havia publicado.

Mistura tudo: reflexões, confidências, memórias, sempre falando ao pé do ouvido do meu leitor. Meu editor recentemente escreveu que existe o "gênero Lya Luft".

"Afinal, quem é Lya Luft?", perguntam em palestras e entrevistas. Ah, eu queria saber. Ou não quero correr esse perigo?

Desde menina, essa curiosidade: quem sou eu, quem somos nós, a família, os amigos, essas pessoas todas, o que faz o vento soprar, as nuvens ficarem vermelhas, a chuva cair, alguém adoecer? (Muito pequena, eu só sabia que morriam passarinhos e borboletas.)

as coisas humanas | 13

Em geral fui o que chamam uma pessoa legal. Aluna medíocre, teimosa, pouco ambiciosa, que diferença fazia tirar o primeiro lugar na turma (isso naqueles tempos aparecia no boletim), ou ser a mais conversadeira, a que ria fora de hora, a que não prestava atenção? O bom mesmo era ser a mais divertida, e talvez aquela com alguns segredos. (Por exemplo, o que eu lia em casa, além das castíssimas revistas de amor, como *Cinderela* e outras.)

Uma coisa eu sabia: era amadora de pessoas e de livros. De segredos, de coisas escondidas e fascinantes, do atrás-da-porta também.

Ainda gosto de ficar em paz acomodada na poltrona ou no sofá, pés em cima da mesinha, lendo, lendo, lendo, coisa que agora posso fazer muito mais tranquilamente. Descobrindo que não há muitas respostas — mas o desejo de saber me mantém viva.

Pegava livros à vontade da biblioteca do pai, ou a da mãe, esta na sala. Alguns, considerados "fortes", ficavam bem em cima, onde sem escada eu não alcançaria. Ao rés do chão, uma fileira de livrinhos amarelos, finos, capa mole, histórias de detetive que meu pai dividia comigo, e me fizeram gostar até hoje de séries policiais.

Colegas (muito menos o namoradinho daqueles anos) não tinham ideia dessas minhas leituras — bizarras para a minha idade —, como teatro grego, que eu nem entendia bem mas achava pungente todo aquele sofrimento. Devorava além de ficção volumes de história, mas na escola não conseguia decorar as datas mais simples.

14 | *lya luft*

Um grande professor certa vez disse que eu "aprendia pra trás", isto é, ou intuía na hora, ou, quanto mais me explicavam, menos entendia. Continua assim. A intuição me define.

Recentemente voltei a pensar que nunca mais escreveria além de colunas de jornal: um vento muito forte tinha me derrubado. Mas a vida convoca: há toda essa família que eu amo, e eles a mim. Filhos e seus filhos, belos e decentes, construindo suas vidas. Algumas amizades essenciais. A meu lado, firme, o parceiro aguentando meus silêncios inusitados.

Para todos eles, e, sim, para o leitor que vai receber este novo livro — *As coisas humanas* — eu quero ser apenas uma pessoa.

Esta pessoa.

Esta coisa tão humana.

O Bosque, Gramado, 2019

3 | No fundo das águas secretas

"O que são essas coisas que ficam mexendo dentro da minha cabeça?", perguntou a criança. O pai riu e disse algo como "São teus pensamentos, são as palavras. Todo mundo tem isso, todo mundo pensa".

Hoje muitas e muitas vezes me perguntam, a mim e a todos os que lidam com arte, de onde vêm as ideias, ou a chamada inspiração. Cada um vai dar uma resposta diferente, segundo seu jeito de ser, de viver, de trabalhar. A minha resposta, sincera, que no curso do tempo não mudou, tem sido: tudo vem de dentro de mim, impreciso, mas real. Eu só elaboro, arrumo, enfeito (ou pioro). Pois "o vento sopra quando e onde quer": posso ficar períodos sem nenhuma boa ideia, e de repente tudo começar a fluir.

Não sou dos disciplinados e coerentes modelos para jovens escritores, desses que escrevem todos os dias, fazem rascunhos, têm projetos definidos. Por mais que os respeite, não consigo ser assim: é meu jeito. Não tenho esquemas, horários, grandes planos. Minha vida toda é mais pautada por intuições do que projetos racionais: sim, muito errei por isso, mas, a esta altura da vida, é quem eu sou, ou consigo ser. E também cumpri, sem esforço demasiado, as tarefas que a vida prática, e o cotidiano, me impuseram e impõem.

É natural assim.

Quando nada tenho a dizer, fico quieta, porque sei que nisso que chamo "minha falsa vagabundagem lírica", as coisas que talvez um dia eu escreva estão se inventando.

A chamada inspiração, palavra tão polêmica e questionável, é o movimento que nos leva a produzir alguma coisa. No meu caso, repito, está tudo lá dentro, no fundo das águas da mente, ou da alma, aqui a semântica pouco importa. Na verdade, tudo o que vivo, vejo, escuto, sonho, tudo o que me dizem, o que leio, o que vem em entrelinhas e no silêncio, as palavras duras e as amorosas, as alegrias e as injustiças vão se depositando no nosso inconsciente (ou como quer que o chamemos), como aquela lamazinha no fundo de um aquário.

Se ali mexo com um lápis, esse depósito cria vida, se move, sobe à superfície.

Em geral é algo externo que de repente agita o fundo das águas: um rosto, um telefonema, um movimento mínimo nas árvores, um sonho quando dormimos e do qual confusamente lembramos ao acordar, uma claridade na beira daquela nuvem.

Move-se assim o material para a pintura, o romance, a música de todos?

Não faço ideia. Sei que, se entrevistarem dez escritores, terão dez depoimentos diferentes, e em geral nem sabemos — ou queremos — falar de tudo isso.

as coisas humanas | 17

São pensamentos, desenhos, vultos, esboços e emoções que regem o que muitos artistas produzem: mas, embora vindos dessas águas escuras, não são necessariamente sombrios. Pois lá, junto com as pedras e perdas, estão depositados também os encantamentos que nos marcam para sempre. Não somos donos ou controladores dessa chamada inspiração: a palavra me incomoda, mas não tenho bom substituto.

Por que me incomoda? Porque sugere algo caído do céu, uma luz que vem do alto, que nos faz sentar e trabalhar leves e alegrinhos. Às vezes, sim, escrevo com uma quase incontida alegria, se pudesse saía a dançar por cima dos telhados vizinhos.

Emergem do reino dos silêncios e segredos os pensamentos que ali nadavam, na sombra, sobre a vida, a morte, a família, os tantos afetos, e projetos, os realizados e os frustrados; as vidas, as mortes, meus tantos erros e limites — emoções como lanternas frágeis nos dias perturbados neste planeta esquisito e fascinante.

Celebramos, ou choramos, cada um a seu jeito, as crenças, as ilusões, os desejos e todas as impossibilidades que acenam na esquina e nos fazem andar um pouco mais. E vamos nos reinventar, sim: pois cada um se reinventa, ainda que sem saber — ou sem querer — a cada novo dia.

E para isso é preciso uma coragem que a gente nem sabe que tem.

* * *

Mais sobre inspiração: uma insensata rosa

Por que não começar citando Borges: "Por que brota de mim — quando o corpo repousa e a alma fica a sós — esta insensata rosa?"

Talvez seja uma boa resposta — ou proposição de novo enigma — para a pergunta tão comum sobre a inspiração. De onde ela vem? Como aparece, de que lugar obscuro emerge, ou cairá dos céus?

Nunca encontrei resposta certa, mas essa frase de Borges me parece adequada. Não sabemos a resposta, eu não sei, talvez não haja. O termo "inspiração" já desperta alguma suspeita de quem trabalha com arte, seja ela qual for: música, pintura, escultura, literatura, teatro, dança, não importa. Pois nem sempre estamos bem dispostos (alguém diria "inspirados"), mas em geral temos de prosseguir no trabalho. Há trabalhos que precisam ser feitos, mesmo tratando-se de arte, um pouco mais complexa do que engenharia, economia, e outros — ou não — ainda que não tenham nos dado duros prazos, ou prazo algum. Posso parar por algumas horas, dias, e — pelos muitos anos de experiência — sei que, se for bom para meu livro, a vontade, o encantamento, a palavra ou frase, o personagem, voltarão no lugar certo, na hora certa.

Mas não há garantias, é sempre um passeio à beira do abismo.

Gosto de emprestar, nesse assunto, o episódio descrito por Marguerite Yourcenar: ela escrevia, absorta, um texto sobre a morte de Zenon, para seu livro, quando chega o

as coisas humanas **|** *19*

encanador para consertar algo na pia. Marguerite levanta, ele entra, conversam um pouco, ele faz seu trabalho, ela paga, ele senta a convite dela e conversam mais um pouco. Yourcenar e sua companheira moram num lugar remoto, nevava lá fora, e o trabalho do encanador era importante. Ela lhe oferece café e o pão que tinha assado naquela manhã.

E, quando o encanador se vai, diz ela, maravilhosamente: "A morte de Zenon continuava lá, à minha espera." A frase dela me parece gloriosa e verdadeira, e nos dispensa, a nós artistas, de dar com muita facilidade essa desculpa "não me veio inspiração". Acho fácil demais, preguiçosa demais, simples demais, essa explicação. Em geral não ficamos aéreos aguardando que algo suba de nossas entranhas ou desça das nuvens, a não ser em alguns necessários e meio inexplicáveis momentos. Além disso, falo por mim, pois cada escritor, ou outro artista, tem seu jeito, suas maneiras, recursos, hábitos e chatices.

O que funciona é um encantamento com uma palavra, um rosto, um drama, um fato qualquer. E aquela criatura, humana ou não, começa a ter corpo, sofrimentos, felicidades: e a gente se apaixona, e inventa uma paisagem interior, talvez também externa — e escreve.

E trabalha: arte é trabalho, às vezes duro, exaustivo, que nos exalta ou abate, em que acreditamos ou desacreditamos, mas — operários que somos — continuamos a exercer. Queremos a frase melhor, a curva melhor, o som mais precioso, o gesto mais expressivo, ainda que nos pareça, muitas vezes, nosso absoluto fracasso e total ruína.

Além da dura lida, importa, sim, aquela insensata rosa
que desabrocha quando menos esperamos: além dos ruídos,
das tristezas, das euforias, e das cotidianas chateações.
Inspiração, quem sabe, existe.

as coisas humanas | *21*

4 | *Para quem acredita, existe*

Pois é, eu acredito em datas e celebrações.

Não para nos atormentar, fazer mais dívidas, cultivar mais ressentimentos, mas para exercer a humanidade amorosa, até onde dá. E para viver alguma coisa além da correria cotidiana.

Acreditei em Papai Noel e Cegonha até uma idade vergonhosa na minha infância. O Coelho da Páscoa se foi mais cedo, pois ninguém me explicava como esse bicho, mesmo grandão, botava ou fabricava tanto ovo.

Muitos hão de pensar, ué, essa senhora, com tudo o que já viveu, experimentou, passou, leu, aprendeu, curtiu ou sofreu, ainda acredita nisso de datas e celebrações?

Pois esta senhora acredita em fadas e duendes que de noite cochicham entre as árvores do jardim no Bosque de Gramado, acredita em anjos da guarda, acredita em Deus, seja lá como o quiserem definir: força suprema, mistério que envolve o mundo, enigma que criou e observa o universo com ar de pai meio divertido, meio compade-cido... não importa.

22 | *lya luft*

Em deuses, desses bonitos e humanos, deuses da alegria e do consolo, da água doce, do mar, da floresta, dos tesouros, dos ventos, eu acredito, sim. (Não esquecendo os ferozes e furiosos.)

Seja como for, acreditar é bom, se for em coisas boas. Também acredito que apesar de todo o mal que vejo no mundo — mais aquele de que não quero nem ouvir falar — também existe bondade, amor, solidariedade, compaixão. Também existe amigo, e família, e em horas difíceis, ah, como é bom que existam. Não só pra curtir férias, churrascos, festas, praia, não-fazer-nada, como pra segurar a mão, dizer alguma coisa boa ou nem dizer nada, quando a dor aperta demais e nem sabemos direito quem está ali perto de nós.

Então como eu não acreditaria em Natal? Não sei se nasceu mesmo aquele menino lindo, de mãe virgem, e me dava uma certa peninha de José não ser o pai, mas essas coisas a gente respeita e crença alheia pra mim é sagrada.

Mas acredito sobretudo nessa e em outras celebrações como hora em que se reúnem família e amigos, ou amigos e amigos, ou dois amantes, ou colegas, ou vizinhos, ou até desconhecidos. E trocam abraços, e se desejam felicidades, ou só contam as mais recentes novidades, os negócios maus e os filhos formados, não faz mal: são humanos acontecimentos, humanos interesses. E vale a pena.

Acredito em desejar, por exemplo, um bom novo ano. Mais honesto, mais confiável, mais leve, machucando menos, enganando menos, explorando menos, mutilando menos — ajudando mais, empurrando

as coisas humanas **|** 23

um pouquinho mais pra cima e pra frente os que estão no desalento. Sim, eu acredito que o novo ano deve servir para um abraço nas pessoas queridas, que o Natal é bom para os reencontros e fazer as pazes.

O ser humano que não é sempre uma fera, um louco assassino, um chefe irresponsável, um pai cruel ou uma mãe fútil demais para abraçar até mesmo suas crianças, abraço de verdade, com um pouco de colo, e palavras bem sentimentais. Acredito que se pode ter família, filho, também pequeno, para dialogar, para trocar afeto, para abrir os olhos, ensinar um pouco a se defender, a produzir, a ver beleza, a se sentir amado e capaz.

❀ ❀ ❀

Não precisamos ser uma manada de solitários, coisa de que lembrei quando outro dia num restaurante de beira de praia sentou-se na mesa ao nosso lado um casal jovem, uma filhinha de talvez três anos.

Os pais emburrados largaram bolsa e mochila, botaram a criança na cadeirinha alta, abriram seus celulares e se ignoraram totalmente.

Ignoraram a menininha também.

Feito o pedido ao garçom, voltou o mesmo clima. Finalmente veio a comida, e a mãe, ao lado da menininha, botou na frente dela um pequeno tablet, com algum apoio. A criança naturalmente se distraiu com o desenho, e a mãe, ainda sem falar, sem desemburrar, sem de verdade olhar a filha, comia e de vez em quando, sem uma palavra, quase

24 | lya luft

sem atenção, enfiava uma garfada de seu próprio prato na boca da criança — ainda distraída. Que, aliás, não tinha um pratinho seu, que não sabia o que estava comendo, que não tinha nenhum contato com a mãe que a alimentava como se estivesse alimentando um macaco.

Um cachorrinho.

Não, porque macacos e cachorrinhos a gente olha nos olhos e se encanta e mesmo sem palavras se comunica com eles, amorosamente.

Naquela hora quase não acreditei no que via, mas depois me disseram que é comum até em consultórios médicos: a criança, vidrada no tablet que a mãe estende, talvez nem saiba a cara do médico ou médica que a atende. Não se cultiva confiança e afeto que com certeza o pediatra gostaria de ter com essa criança e já seria parte da cura.

Tudo automático e quase desapercebido.

Mas talvez também fosse apenas um desses dias ruins que todo mundo vive, e o cotidiano dessa pequena família não fosse aquele. Seja como for, até hoje eu lembro — e me entristece um pouco.

Mas, para quem acredita, existem carinho, bondade, olhar amoroso, interesse, desvelo, e fadas e duendes, com bruxas voando sobre as árvores. (A gente é que diz que é o vento.)

Para quem acredita, até o amor existe.

as coisas humanas | 25

5 | *Somos Fênix*

A estranha ave lendária que se imolava no fogo e dele renascia é muito usada como metáfora de nosso próprio renascimento de horas ou fases muito difíceis.

Ninguém, eu acho, olhando sua vida, pode dizer que jamais teve essa sensação: "Agora, acabou; nada faz sentido." Ou: "Não vou aguentar." Ou: "Isso eu não vou poder suportar."

No entanto, me ensinou a vida, mesmo quando estamos numa UTI emocional, como a perda de alguém muito amado, esperando ou até desejando o fim e a paz, um dia conseguimos levantar: somos liberados dos aparelhos que nos mantinham vivos, chegamos até a porta... somos transferidos para um quarto.

Dali podemos espiar o corredor, andar por ele apoiados em alguém ou de bengala, e enfim respiramos quase normalmente. A pedra pesada e escura no meu peito aliviou. Um pouco. Mais um pouco. Talvez eu nunca me livre dela inteiramente, mas estou aprendendo a lidar com ela. Tenho para isso o resto da minha vida.

Estamos vivos.

Nos reconstruímos, de um jeito ou de outro, das próprias cinzas. Existe o mundo com suas belezas e crueldades, existem a loucura, a neurose, o rancor inexplicado, a violência e a guerra, mas também podemos buscar alguma claridade, como comprar uma flor e botar no vaso à nossa frente quando pouca coisa parece sobrar. A janela aberta sobre a floresta, ou o mar, ou o belo parque, a porta aberta para algumas pessoas especiais, porque multidão ainda não aguentamos.

Um luto grave nos deixa de mal com o mundo, e com nós mesmos: tudo é ruim, tudo é horrível, tudo parece nos agredir se não for coberto de nevoeiro e sombra.

Essas que, longe ou perto, estiveram ao nosso lado ao redor da fogueira sabendo, torcendo, para que a gente pudesse renascer do montinho de cinza em que tínhamos nos transformado.

Descobrimos ou redescobrimos o valor dos afetos, das coisas simples, daquela voz no telefone, daquele e-mail ou Whats, daquele passo no corredor, daquele gesto afetuoso ou um simples olhar de cumplicidade — pois nem todos sabem, ou conseguem, grandes abraços e palavras — mas, perto ou longe, estão conosco.

E tudo isso nos faz de novo viver. A Fênix incansável ajeita as penas chamuscadas, olha em torno, abre as asas, tenta seu voo: isso somos.

Até que um vendaval mais forte nos leve embora também.

as coisas humanas | 27

6 | *Terra de ninguém, ou de muita coisa*

Não vou falar de cidade, estado, continente, nem mesmo planeta.

Pois esses, eu sei, são terra de seus habitantes, por sorte e azar deles. Falo desta terra interior, a da vida, que pouco se controla. Que nos surpreende tão lindamente às vezes, e em outras com uma patada mortal, o trator existencial passando por cima da gente — e fim de uma alegria, uma felicidade, uma luz, uma pessoa amada.

Mas gosto de pensar neles, de curtir, esses presentes positivos que o destino nos traz, que nos povoam, e somos terra deles. Como quando abro a janela e diante de mim, um luxo que não me pertence e que só curto do meu apartamento: um parque bem-cuidado com vários jacarandás. Em outras épocas, paineiras em flor parecem um sorvete de morango se derramando sobre as outras árvores mais baixas. (Sim, gulosa desde criança.)

Ou alguém me diz, inesperadamente, encantadoramente: "Tu és uma vó muito divertida!" E isso me ilumina um dia inteiro. Ou cai da agenda um poema que alguém me escreveu há décadas, e ainda vale. Valeu, mesmo que essa pessoa tenha sumido, morrido, ou esteja logo ali e tenha esquecido o poema.

Ou, num aeroporto estrangeiro, uma brasileira toque meu ombro pra perguntar se eu sou eu, sorrir, abraçar, e dizer uma porção de coisas boas sobre meus livros — espantando assim meu desconforto com aviões e aeroportos. Fazendo eu me sentir em casa, quase do outro lado do mundo.

Mas não somos terra de ninguém na medida em que coisas boas nos habitam: projetos ou sonhos, realizações ou desejos, pessoas, memórias, experiências inesquecíveis, livros, filmes, não faz mal. Somos terra povoada por muita coisa: que seja boa, que seja bela, que nos ajude.

Pois viver pode ser interessante, instigante, mas em algumas fases cansa, e como. Cansa abrir os olhos interiores antes de descerrar as pálpebras, e dar-se conta: mais um dia. Entusiasmo às vezes, vamos levantar, dona Lya! Ou vontade de ficar ali quietíssima esperando nem sei o quê. O marido perguntando se dormi direito, primeiro carinho do dia. A cachorrinha-bebê subindo no meu peito e me olhando com sua cara de ursinho de pelúcia. Saber que a família está por ali, e a gente se ama, não como um conto de fadas, mas de maneira firme e forte.

Ter um artigo para escrever, contas a pagar (até isso é a vida!) e livros para ler, muitos e bons. E a casinha da serra nos esperando, com flores, bugios, singulares borboletas de um azul muito pálido, e vizinhas e amigas — e, quando

as coisas humanas | *29*

quero, quietude maravilhosa olhando as árvores, que digo minhas porque a vida me presenteou com elas, e acho que me protegem.

Enfim, o jeito é bancar o guerreiro e não entregar os pontos, pensando que não há só desgraça e discórdia, e quem sabe um dia, uma hora qualquer, ou num encontro casual, vamos todos nos abraçar e rir.

E nos querer bem, relevando todos os mal-entendidos e brigas que, acreditem, não vale a pena cultivar.

7 | O *elefantinho gentil*

Depois de muito necessárias férias que há séculos não tirávamos, reentrei — ainda que com muita reserva porque me faltam forças — num turbilhão que, de longe, mesmo com internet, não me parecia tão nocivo.

No primeiro instante, depois dessas deliciosas semanas bastante alienados, foi pior do que eu pensava: voltar a ver raiva, ódio, insultos, calúnias, intolerância absoluta, mentiras, dissolução de laços bem bonitos e dignos entre amigos e família — por causa da política. Dos políticos. De nós mesmos, que nos tornamos raivosos, intolerantes, capazes das mais loucas afirmações. Expressamos nessa batalha muito de nossas mágoas e frustrações.

Mas inesperadamente no Face encontro uma imagem linda, comovente, quase irreal neste mundo que anda pra lá de besta: uma camiseta, um elefante (meu bicho preferido), com flores atrás de uma orelha, óculos coloridos, e a legenda (estou traduzindo): "Num mundo em que você pode ser qualquer coisa, seja gentil."

Ou, se quiserem, seja bondoso.

as coisas humanas | 31

Tolerante.

Humano.

Tenha bom humor!!!!!!

Eu amo elefantes: me encantam pelo senso de família e cuidado com os menorzinhos, seu ar bonachão, a paciência e sabedoria das matriarcas. Além disso, uso sempre um bracelete feito de pelo de rabo de elefante, que me foi trazido da África e do qual nunca me separo.

Voltando ao real, o aqui e agora: a violência desde sempre me assusta: não precisa ser a física, de um tapa, um empurrão, uma voz alterada, mas a emocional, da acusação injusta, da invencionice maligna, da desconsideração com humanidade, cortesia, e democracia — ah, a palavra tão usada, mal usada, abusada.

Os que a defendem são muitas vezes os mais intolerantes, arrogantes e ignorantes que não conhecem nem medem o peso das palavras (dizia meu pai, "o pior burro é o burro falante"): correto é só o que eu penso, bom é só o que eu faço, o resto é tudo bandido, fascista, maldoso, ignorante, explorador de pobres e desvalidos, pisa em cima da cultura, despreza a saúde etc. etc. etc. (Poderia ser uma linha inteira de etc.)

Basta refletir um pouco, abrir olhos e orelhas, ver que estamos numa situação-limite. O mundo de um lado rico e produtivo, de outro pobre e assustador, violento, cruel. Precariedades mil, tudo parece meio esquisito, a maioria sem saber o que pensar. *Ou começando a pensar, o que é bom.* Pois andam acontecendo mudanças e há quem comece a respirar: será mesmo, será?

32 | *lya luft*

Então resolvi hoje falar dessa camiseta, desse elefantinho, dessa gentileza que deveria ser o habitual, e acho que não é. Na maioria das vezes, em família, amigos, trabalho, não acontece muito, e quando ocorre até nos admiramos: olha só, que cara educado, bondoso, camarada. A gente se sente bem com ele, e não é artificial, nem imposto. O beijo de bom-dia em casa, alguma indagação sobre como foi a noite, ou a festa, ou como poderá ser a prova na escola, o novo amigo, ou o ombro que ontem doía tanto.

Pequenas, miúdas coisas que fazem a vida, uma vida boa, uma vida humana como deveria ser: pausas para respirar, para se olhar, para escutar... para reencontrar com prazer.

Claro que a vida não é esse mar de rosas e risos. Mas pode ser, muito mais vezes do que tem sido. Podemos tentar viver e conviver, e votar, e torcer, e trabalhar, estudar, viajar, comer, dormir, sem o incrível estresse da raiva, do xingamento, do insulto, e dos maus desejos e da desinformação fatal.

Viva o elefantinho que nos propõe: neste vasto mundo em que você pode fazer tantas coisas, seja bondoso, seja gentil.

Be kind.

as coisas humanas | 33

8 | O menino e sua mãe

*(A morte — que tudo comanda, e sobre a
qual tanto escrevi — levou um de meus
filhos, André, que era alegria, afeto, otimismo, brilho. Me dá algum consolo, me
faz sorrir, reproduzir aqui o texto abaixo:
esse menino era ele.)*

Um menino e sua mãe voltavam das compras no ônibus quase vazio. Ele segurava no colo o presente cobiçado: um microscópio "de verdade", dado pelo pai, mas a mãe fora com ele comprar. De vez em quando ele passava a mão no pacote:

— Parece mentira, né, mãe? — Olhar sonhador daqueles olhos grandes de um azul indescritível.

— Mãe, que igreja é essa?

— Nossa Senhora Auxiliadora.

— Por que tem tanta Nossa Senhora? Não era só uma?

— É uma sim, filho, mas ela tem muitos nomes.

34 | lya luft

— E o Nosso Senhor é são Pedro, né? Marido dela.

— Não, é Jesus. Quem casou com ela foi São José. São Pedro era amigo de Jesus. — A mãe suspirou: não praticar muita religião dava nisso.

— Ah... e por que o José não é o Nosso Senhor, se era casado com Nossa Senhora? — Os olhos azuis começavam a deixar a mãe inquieta.

— Acho que é porque Jesus e Nossa Senhora são mais importantes, filho.

— Mas o José não era pai dele?

— Não era de verdade, o pai dele era Deus, José era pai adotivo.

— Então Jesus não nasceu da sementinha do José?

O silêncio no ônibus já meio vazio parecia imenso. O menino falava em voz alta e clara, pra ele era tudo natural, assim ensinavam em casa.

— Não, filho, Deus fez brotar a sementinha direto em Nossa Senhora, foi um milagre.

— Ué, então não foi como nas pessoas? — Agora o silêncio podia ser cortado com faca. A mãe se fez de distraída, mas o menino pensava, concentrado.

— Mãe, como é que antigamente as primeiras pessoas sabiam como se fazia pra ter bebê, se ninguém tinha ensinado a elas?

— Ora, filho, essas coisas a natureza ensina.

— Mas a natureza não é pessoa pra ensinar a gente.

— Quer dizer, quando a gente cresce, aprende por si.

— Mãe, olha, nessa placa estava escrito Rua Mozart! Eu acho que ele mora aqui!

as coisas humanas | 35

— Ele quem?

— O Mozart, mãe. Quem ia ser?

— Não, filho, ele viveu na Europa.

— Ah, é? Até achei que era nos Estados Unidos, onde moram pessoas importantes.

Finalmente desembarcaram. Parado na calçada, sol nos cabelos claros, o menino retomou seu ar sonhador ainda segurando o pacote.

— Mãe, como eu tenho um pai bom, né? — E acrescentou depressa: — Mãe também, claro...

Os olhos de um prodigioso azul eram uma explosão de amor.

9 | *O outro lado*

Desde que me lembro, e lembro coisas muito remotas, me despertava curiosidade e medo o outro lado das coisas. O atrás da porta... o que seria? Que medo...

O escondido. Fascinante e ameaçador.

Por exemplo, o que havia atrás daquela porta sempre trancada, onde minha mãe guardava coisas tão triviais como vassouras, espanador, panos de limpeza, e, eu acho, um aspirador de pó, só abertos na hora de arrumar a casa? Por que eu não podia abrir, me esconder naquele quase quartinho minúsculo, onde aumentava minha curiosidade uma série de degraus de ferro presos na parede de fundo, por onde se subia sabe Deus para onde?

Subia-se para o sótão, diziam, que nós crianças chamávamos "sótio", e que para inveja minha só havia na casa das outras crianças. Lugar de tesouros, medos, encantamentos, como tudo o que "não era pra criança". Ali, na nossa, havia um vão assustador entre telhado e teto, me segredou alguém: lugar de morcegos e gambás, que eventualmente faziam barulho de noite, como de pessoas se arrastando.

as coisas humanas | 37

Eu, sempre medrosa, puxava os lençóis e cobertas sobre a cabeça — coisa que faço até hoje.

Que espantalhos afugento inconscientemente, a esta altura de uma longa vida?

Outro lado de uma porta também me seduzia: portinha muito baixa, meu pai tinha de se curvar um pouco para passar. Levava ao porão, e se abria com uma chave grande, velhíssima, de ferro preto, pendurada na cozinha, muito alto para que pequenos não pudessem pegar.

Por quê? Isso sempre me atormentou: o proibido e inexplicado. No porão, em si, havia velhas coisas com cheiro de velhas coisas, algumas ferramentas, cadeiras meio desconjuntadas, grandes tachos de cobre com que minha avó preparava geleias indizíveis no fundo do pátio.

E ali estava o mistério maior de todos: outra porta, menor ainda, portinha. Ali só consegui entrar poucas vezes, porque insisti demais e meu pai perdeu a paciência, ou porque me comportei tanto que ele teve paciência. Era absolutamente apavorante: um porãozinho dentro do porão, muito pequeno, talvez adega, palavra que eu desconhecia. Prateleiras com muitas garrafas empoeiradas, vinhos que meu pai apreciava, me disse a mãe, e eu não podia nem tocar.

Mas havia muito mais: um bercinho de madeira com ar de velhice irremediável; caixas de papelão contendo sabe lá que sustos. Restos de duas bonecas feito bebês decapitados, as cabecinhas ao lado. E num canto, meio escondido atrás de uns panos enormes e puídos, cortinas ou lençóis de um tempo perdido, a coisa mais preciosa: um cavalinho de

38 | *lya luft*

madeira, cores empalidecidas, faltando uma orelha. Suas patas ficavam sobre apoios de cadeira de balanço.

Que criança teria se embalado ali, aquela que ninguém queria mencionar se eu indagava, mas viravam o rosto mudando de assunto?

Em todos os romances que escrevi depois de adulta há sótãos e porões, guardando aquilo que o rio da vida esqueceu — ele que leva quase tudo, o ruim e o bom, os amores e as dores, nós náufragos ou sobreviventes sem muita glória.

Tudo carregado de roldão para um outro registro que intuímos mal, tememos quase sempre, nutrimos como ilusão, ou com este ardente desejo de que seja eterno, que continue real, vivo, e presente.

Como foi em vida, do lado de cá.

as coisas humanas ❚ 39

10 | *Construir, tecer*

Alguém me pergunta se concordo com a teoria de que tudo está predeterminado em nossa vida.

Quem sabe apenas seguimos feito manada em direção do nosso destino. Seria muito mais fácil, disse meu amigo, assim a gente nunca seria culpado de nada.

Claro que não!, respondo. Espírito de manada é outra coisa, é o conforto de não decidir, mas acompanhar a maioria, sem refletir, sem reagir, portanto sem responsabilidade nenhuma (na nossa fantasia — pois por alguma coisa sempre somos responsáveis, o que às vezes é injusto).

Talvez seja meio a meio, respondi, e respondo aqui agora. Parte, sim, é determinada até pela família em que nascemos, amorosa, fria, até violenta; pelas capacidades com que somos dotados geneticamente: mais bonito, mais tortinho, mais lúcido, mais sonhador, otimista ou sombrio, bom em matemática, bom em artes, ou nos dois, por que não? Corajoso ou tímido. Mil detalhes que constituem um ser humano, e que nem sempre podemos mudar.

Outra parte é o que nós escolhemos, acredito que somos em parte nossas escolhas. (O resto é o destino, a sorte ou o azar, o diabo, intrometendo-se em nossos assuntos...) Essa é a parte complicada, porque aceitar que podemos tomar decisões significa assumir alguma responsabilidade. Tão bom se os outros decidem, e a gente apenas segue feito cordeiro para o sacrifício ou a festa.

Mas, sim, temos escolhas.

Posso tentar controlar um pouco, ao menos, o mau gênio, se nasci com ele. Posso ser mais humano, mais delicado, menos preconceituoso, mais gentil: olhar, abraçar, aplaudir, elogiar aqui e ali, partilhar de alguma risada ou divertimento, confortar nas horas duras, dar colo ou ombro, ou até um silêncio cúmplice e generoso. Isto é, ver algo além de mim.

Posso tentar caprichar mais na escola ou no trabalho, ser menos relaxado ou desligado, ser mais interessado. Posso tentar ouvir boa música. Posso experimentar ler algum livro, e sentir que minha cabeça se abre para o mundo, para os outros, até para mim mesmo. Posso tentar trabalho sério, esporte ou contemplação. Enfim, posso ver a natureza pela janela de casa, numa trilha ou do ônibus. Se brigo demais, reclamo demais, estou demais infeliz sem reais motivos, posso procurar um psiquiatra.

Posso várias coisas, nem todas difíceis.

Mas não posso tudo: esse é o drama.

De verdade existe o incontornável, o que não posso evitar: abandono de uma pessoa querida, desemprego, doença, morte, essas rasteiras que a vida nos passa. Posso

as coisas humanas | 41

não sair do limite da pobreza, embora tente e lute feito um leão numa sociedade cruel. Mas posso ser mais amoroso. Posso ser melhor comigo mesmo. Posso refletir um pouco, ver saídas, descobrir jeitos, ou, se nada disso ocorre, tentar não ser um sujeito brutal, desses meninos que se vangloriam: "Hoje saí a fim de matar alguém, então liquidei uma velhinha na frente da casa dela, um tiro, pum, e fim."

Ou os terroristas que matam alucinadamente gente inocente, depois se suicidam, e ainda são celebrados em redes de internet por seus bandos de criminosos inspiradores.

Se não somos terroristas fanáticos e doentes, mesmo nas piores situações podemos escolher não matar uma velhinha indefesa no portão da casa dela. Podemos não magoar a pessoa que nos ama, não descuidar dos filhos que de nós dependem, podemos levantar o lixo do chão, podemos não nos matar de bebida ou droga. Podemos pedir ajuda e construir uma vida.

Podemos também não poder, se o mal que nos fizeram — ou nós fizemos — foi grande demais: aí, quem sabe, algum anjo da guarda etéreo ou humano apareça para nos dar aquele empurrão positivo.

E, se nada disso acontecer, em vez de construir podemos viver tecendo a nossa própria mortalha.

11 | *De primeira necessidade*

Muitas vezes me pego devaneando, absorta — na verdade faço isso com muita frequência, em casa já reclamavam, "essa menina sempre no mundo da lua..."

Naquele tempo, eram sonhos. Hoje ainda são, mas deles resultam trabalhos: poema, artigo, romance. Contos.

Tenho pensado em como simplificar mais a vida, nesta fase que tantos temem, ah, a terrível passagem do tempo — mas por enquanto me agrada: simplificar a roupa foi fácil, até porque nunca fui modelo de capa de *Vogue*. Calça comprida, camiseta preta, suéter ou um tipo de quimono curto. Sapato idem, pois sou pesada e com um chatíssimo problema inato na coluna, ótimo é calçado rasinho.

Com o tempo, a maturidade, a experiência e alguma ousadia, fui simplificando várias coisas. Com algumas é difícil, exemplo: as relações pessoais. Não é fácil afastar sem ferir, sem despertar desconfianças, o bom sujeito que liga fora de hora para contar seu drama avisando que devemos escrever sobre isso, ou exigindo um artigo de jornal contra algo que lhe desagrada. Aquela pessoa tão legal, que nos

as coisas humanas | 43

últimos tempos só fala de doenças, remédios, rancor contra tudo e todos: sombras de que ninguém precisa a mais na vida. Simplificar as saídas: sou realmente um bicho da minha toca, uma mulher da sua caverna.

Minha casa sempre foi minha "zona de conforto", por várias razões — inclusive fobias.

Quero poucas pessoas, assim me aflijo menos, eu que sou aflita: parceiro, família, amizades especiais, as fiéis funcionárias que me ajudam na enorme incompetência para o doméstico, e que eu quero bem. Os leitores que me dão tanta alegria com seu carinho. Sou feliz com as horas no computador, na poltrona com livro, ou olhando a paisagem de onde me vem muita informação: aquela frase, aquela palavra, aquele personagem... ou simplesmente beleza. Os verdes mudando de nuance conforme o dia passa; os nevoeiros que deixam tudo mágico, do jeito que eu gosto. No Rio, até hoje meus amigos se espantam: "Essa gaúcha maluca gosta do Rio com nevoeiro ou chuva!"

Também preciso simplificar o que ofereço à minha alma: reduzir o número de noticiosos a que assisto, fissurada desde sempre pelas loucuras (às vezes maravilhas) do mundo. Levar menos a sério algumas novidades médicas amadoríssimas ou prenúncios de mais desgraças, me interessar menos (de momento) pelas intrigas políticas do país, que haveriam de me tirar o sono se as hospedasse por mais tempo e com mais atenção. A gente sempre pode se ajudar, se corrigir, se pegar no colo e se agradar um pouco, para não cultivar aquela extrema chatice que só resmunga, só se lamenta, só faz previsões das mais sombrias, e, se desse, espantaria até a si mesmo do convívio cotidiano.

44 | *lya luft*

Mas eu lhes digo: não é fácil. Parece que a estrada está lamacenta demais, não se avança sem sujar o calçado. A irresponsabilidade geral está enorme, corrói a fímbria da alma; país e planeta andam adoentados de violência, e é coisa grave. Nós, agarrados à casca desta terra, pobres cracas, precisamos nos dividir numa necessária esquizofrenia: metade atenta à chamada realidade, metade curtindo amores, beleza e delicadeza, que afinal ainda existem.

E, acreditem, são produtos de extrema necessidade.

as coisas humanas | 45

12 | *Não temos de*

Estamos sempre clamando por liberdade, ou nos elogiamos porque a temos — nestes tempos pós-modernos (alguém sabe exatamente o que é isso?).

Mas na verdade vivemos sob o império do "ter de". Corremos aflitos atrás do que ainda não temos. Na vida pessoal, na pública, e se prestarmos atenção veremos um mundo de bastante mentira.

Democracia? Meia mentira. Pois a desigualdade é enorme, não temos os mesmos direitos, temos quase uma ditadura da ilusão dos que ainda acreditam. Liberdade de escolha profissional? Temos de ter um trabalho bom, que dê prazer, que pague dignamente (a maioria quer salário de chefe no primeiro dia), que permita grandes realizações e muitos sonhos concretizados? "Teríamos" coisas loucas, mas, no máximo, temos de conseguir algo decente, que nos permita uma vida mais ou menos digna.

Temos de ter uma vida sexual de novela? Ou de filme pornô onde todos realizam seus malabarismos com um ar de tédio mortal? Não temos nem podemos. Primeiro, **a**

46 | *lya luft*

maior parte é fantasia, pois a vida cotidiana requer com o tempo muito mais carinho e cuidados do que paixão selvagem. Além disso, somos uma geração altamente medicada, e atenção: muitos remédios botam a libido de castigo.

Temos de ter diploma superior, depois mestrado que já virou coisa óbvia, possivelmente doutorado e no exterior? Não temos de... Pois muitas vezes um bom técnico ganha mais, e trabalha com mais gosto, do que um doutor com méritos e louvações. Temos de casar? Nem sempre: parece que o casamento à moda antiga, embora digam que está retornando, cumpre seu papel uma vez, depois com bastante facilidade vivemos juntos, às vezes até bem felizes, sem mais do que um contrato de união estável — se temos juízo.

A questão de gênero está muito mais humanizada. Vamos virando civilizados.

Temos de ter filho? Por favor, só tenham filho os que de verdade querem filhos, crianças, adolescentes, jovens adultos, e mesmo adultos barbados para amar, cuidar, estimular, prover e ajudar a crescer, e depois deixar voar sem abandonar nem se lamentar. Demais mulheres começam a não querer ter filho — e não devem. Maternidade não pode mais ser obrigação do tempo em que, sem pílula, as mulheres muitas vezes pariam a cada dois anos, regularmente, e, aos cinquenta, velhas e exaustas, tinham doze filhos. Bonito, sim. Sempre desejei muitos irmãos e um bando de filhos (consegui ter três), mas ter um que seja requer uma disposição emocional, afetiva, que não é sempre inata.

as coisas humanas | 47

Então protejam-se as mulheres e os filhos não nascidos de uma relação que poderia ser mais complicada do que maternidade já pode ser.

Temos de ser chiques, e, como sempre escrevo, estar em todas as festas, restaurantes, resorts, teatros, exposições, conhecer os vinhos, curtir a vida? Não temos, pois isso exige tempo, dinheiro, gosto e disposição. Teríamos de ler bons livros, sim, observar o mundo, aprender com ele, ser boa gente também e apreciar melhor as pessoas ao nosso redor.

Temos, sobretudo, de ser deixados em paz.

Temos de ser amorosos, leais no amor e na amizade, honrados na vida e no trabalho, e, por mais simples que ele seja, sentir orgulho dele. Basta imaginar o que seria a rua, a cidade, o mundo, sem garis, por exemplo. Sem técnicos em eletricidade, sem encanadores (também os chamam bombeiros), sem os próprios bombeiros, policiais, agricultores, motoristas, caminhoneiros, domésticas, enfermeiras e o resto.

Empresários incluídos, pois, sem eles, cadê trabalho?

Então quem sabe a gente se protege um pouco dessa pressão do "temos de", e procura fazer da melhor forma possível o que é possível. Antes de tudo, um lembrete: cada um do seu jeito, neste mundo complicado e vida dura, deve buscar o que seja que para ele signifique felicidade. Isso não é inato: se tenta, se conquista, quando dá.

Depende de utopia e realidade, força e sonho, sorte ou fatalidade, depende de muita coisa além de nós.

Mas algum jeito a gente sempre pode dar, de não viver no fundo do poço, na sombra dos maus agouros, no conforto tão falso da comodidade.

13 | *O diabinho no ombro*

Tenho pousado no ombro, e às vezes se manifesta, um feio diabinho.

É meu lado descrente, talvez sarcástico, e triste. Meu olho alegre fecha a pálpebra: cansou. Quando me assaltam as notícias atuais, aqui e pelo mundo, o anjinho mau enrola e desenrola seu rabo, e se inquieta.

Assuntos complicados, como: meninos criminosos tratados como crianças, só para dar um exemplo. Drogados ou lúcidos, os meninos começam a roubar e matar, às vezes com requintes de crueldade, aos doze anos — pouco mais, pouco menos: se apanhados, nem todos poderão ser reintegrados na sociedade, frase aliás metafórica e vaga.

Voltarão para novos crimes.

Um menino de quinze anos confessou na maior frieza o assassinato de dezessete pessoas. "Matei, sim." Talvez tenha acrescentado num dar de ombros: "E daí?" Quinze dos crimes foram comprovados. Por ser menor de idade, como tantos assassinos iguais a ele, foi para uma dessas instituições de ressocialização nas quais não acredito.

as coisas humanas | 49

Logo estará livre para reiniciar sua vida de psicopata. E, se perguntarem a razão, talvez diga como outro criminoso, quase uma criança, que assaltou um amigo meu, e repetia "vou te matar".

Meu amigo perguntou por quê, e o menino respondeu com simplicidade: "Nada. Hoje saí a fim de matar alguém."

Como nós, sociedade moderna, produzimos esse e outros dramas morais? Acusa-se pela criminalidade juvenil a família, que às vezes é apenas outra vítima, ou "a sociedade", conceito vago que isenta de uma ação enérgica, enquanto se multiplicam os dramas, aumentam as tragédias.

Esperamos soluções ou progressos de parte dos políticos? Dos líderes, das autoridades? De momento isso me parece mais uma imensa falácia, pois mesmo os bem-intencionados terão pouco poder numa sociedade adoecida.

Sou mais crédula do que cética, o que nem sempre é bom. (O diabinho fica à espreita.) Quando menina, me disseram que, se a gente cavasse fundo no jardim, esse poço daria no Japão, onde as pessoas andavam de cabeça para baixo (para eles, de pernas para o ar estaríamos nós).

Mas, adulta, descobri que a vida tem outros poços, nem todos divertidos. Um deles parece não ter fim: a violência, o cinismo nossos de cada dia, o da nossa desolação e dos nossos enganos.

O poço tem água no fundo: o diabinho no meu ombro espia seu reflexo nela, para ver se não haverá alguma luz que o afugente. Mesmo que seja uma lamparina, será uma luz, e apesar de tudo acredito nela.

Resta descobrir quanto tempo se leva para chegar nesse fundo, e se, em lá chegando, boa parte das nossas aflições será confirmada à espera de que se faça justiça.

Mas haverá justiça?

O que é isso, aliás, perguntei a meu pai, professor de Direito. Na minha memória daquele dia, o diabinho rosna uma das melhores frases sobre o assunto:

"A lei nem sempre garante a justiça."

* * *

(ainda o diabinho)

Outro dia dei a uma amiga, de presente de aniversário, uma caixinha marchetada de madrepérola, que comprei há muitos anos, talvez na Espanha.

Por que não comprei algo novo para lhe dar, amiga antiga e querida que é?

Talvez por isso mesmo: dei uma coisa que aprecio muito, que trago comigo há longos anos, onde eu poderia guardar um anel, até cartãozinho carinhoso mandado por alguém — mas estava vazia. Gosto de passar para alguém especial algo meu, especial. Tenho algumas caixinhas, pequenos potes, que exponho pela beleza ou pelo que significam. Nem todos estão ocupados: alguns, como esse que dei a minha amiga, servem apenas para guardar belos momentos.

"Como se faz isso?", me perguntou outro dia ironicamente alguém que gosta de mim mas implica com meus romantismos. "Não sei direito", respondi, "sei que olho para

as coisas humanas | 51

eles e ali estão guardadas memórias de momentos luminosos." "Coisa da sua imaginação exagerada e romântica." "Bom", respondi como tantas vezes, "a imaginação paga minhas contas, me faz trabalhar".

O mundo, a vida nos oferecem uma sucessão de glória e danação, de alegrias e dores, de coisas medíocres ou gloriosas, tédio ou entusiasmo. A vida é assim, e pronto. Só que nós tendemos a prestar especial atenção ao ruim, escandaloso, doloroso, a desgraça por exemplo de um vendaval que mata pessoas que dormiam em suas camas, destrói centenas de lares, de plantações, de sonhos e duros esforços.

Queremos saber como acabou afinal uma eleição num país estrangeiro, que poderia causar uma reviravolta em alguns aspectos deste mundo. Como foi o depoimento de um importante e digno figurão americano que talvez derrube o presidente? Quantos mortos no novo assassinato de dezenas de inocentes por um homem bomba, cujo desejo de destruir não entendo nem quero entender?

Confesso que, embora mantendo sob certo controle, aparece sentado no ombro aquele diabinho que faz careta e sussurra no meu ouvido, "ainda bem que foi longe, que não foram seus filhos, netos, você mesma, seu marido. Sua casa ficou poupada", sentimentos quase inconscientes, mas nada louváveis. Enfim. Não somos boa coisa, em geral. Prefiro acumular lembranças felizes em minhas caixas e potinhos que parecem vazios.

O mal fascina?

O abismo atrai?

O diabinho faz caretas no meu ombro?

O medo nos faz espiar atrás da porta apesar de tudo, e nos leva a olhar para trás, para ver se estamos sendo seguidos por uma sombra, uma pessoa? Nestes tempos, aliás, é de bom alvitre... O diabinho no ombro, entre outras loucuras e maldades, às vezes nos inspira a curtir inconscientemente mais os horrores. Não que a gente goste, aprove, não sinta compaixão, raiva e desejo de evitar tudo aquilo: é uma espécie de frenesi interno que faz com que à beira da estrada os carros parem para ver um acidente — ainda que polícia e bombeiros já estejam ajudando —, faz com que muitos deem risada quando alguém tropeça e cai (detesto isso), ou aprecie filmes violentos onde o sangue jorra e espirram os miolos.

Todos somos muitos, eu sei: somos o bom e o mau. A natureza, que tanto anda maltratando este planeta insano, é assim também. Uma amiga minha costumava dizer: "A natureza é bela e cruel. Sublime, só Mozart."

Depois de muitas horas de vendaval, chuvarada e destruição, nesta manhã a claridade timidamente abre umas frestas nas nuvens escuras.

Ainda não vi as notícias do dia. O diabinho some, não tem o que fazer agora aqui.

E o coração cantarola baixinho.

as coisas humanas | 53

14 | *Para não dizer adeus*

Publiquei há alguns anos um livro de poemas, dedicado ao meu parceiro Vicente, com esse título.

Vivemos, entre perdas e ganhos (pra falar de outro livro, pois livros são o que eu faço), dizendo alô e adeus. Uma gangorra esta vida, altos e baixos, médio e horrível ou glorioso.

Em geral as datas marcadas, como fim de ano, são para muitos o único momento em que filosofamos um pouco, construindo objetivos, fazendo juras falsas de melhorar aqui e ali, falar mais com os filhos, procurar mais os pais, retomar aquela amizade, pagar aquela velhíssima conta que pode ser monetária ou emocional. Fazer terapia porque andamos muito loucos, ou admitir e curtir essa nossa pequena insanidade porque afinal "eu sou assim e ninguém tem nada com isso". (O problema é: quem convive conosco tem a ver, e muito.)

Prometemos a nós mesmos saber mais das notícias do mundo e do país, pra não sermos tão alienados, ou nos propomos paz de espírito e espaços de alegria, tentando não ver todas as notícias do dia, da noite, e da incansável madrugada.

Mas eu aqui falo de outros adeuses e outras perdas: a do tempo, desperdiçado sentindo raiva, inveja, sendo intolerantes, difamando, mentindo, criticando com azedume, passando por cima do outro, esquecendo quem nos ama de verdade, humilhando para nos sentirmos superiores, sendo bobalhões ou cruéis, quando podíamos estar curtindo bons e belos momentos, preciosos na bizarrice dos tempos atuais.

Falo da perda da juventude, que a grande parte das pessoas ameaça, atormenta, sufoca e faz adoecer. Uma amiga minha corria pela sala desesperada, mãos na cabeça, quando fez cinquenta anos: "Como pôde acontecer isso, como pôde?" E, em lugar de curtir a maturidade em muitas coisas mais gloriosa do que a confusa juventude, sofria uma dor sem consolo embora fosse uma bela mulher, cheia de energia e esperança.

Outra conhecida tanto começou a se repuxar para enganar o tempo, os outros e a si mesma, que aos sessenta havia perdido não a juventude, que se transforma em maturidade e velhice, mas a si mesma: olhava o espelho, e nada mais nela era dela. Em alguns anos, por crueldade talvez dos cirurgiões aos quais recorreu em série, parecia uma máscara feia, distorcida, e a gente tinha vontade de sentar ali no meio-fio e chorar. Só restavam nela a voz e os olhos de um cinza singular.

Também damos adeus a pessoas, o que é o pior: as que vão viver longe; as que se desprendem de nós, como acontece, porque o afeto ficou ralo demais, ou o "longe"

as coisas humanas | 55

chama com muito fervor: passam para um limbo de onde às vezes emergem, como de um nevoeiro, e dói um pouquinho, e pensamos "mas o que será que aconteceu?". E damos adeus de verdade aos amados que enveredam pelo jardim de neblina e silêncio, que chamamos morte, de onde não vão retornar.

Uma vez ou outra, parecem nos mandar recados: o som dos passos no corredor, aquela voz, o jeito de falar, de virar o rosto, de estender a mão, de nos olhar.

Com o tempo, tantos adeuses fazem da alma uma espécie de renda — não necessariamente feia, mas intrigante: porque podemos celebrar com espumante ou lágrimas, ou risos bons, o movimento dessa engrenagem de que somos parte.

E que, apesar dos adeuses, alguns tão doloridos, se chama, mais do que morte, vida.

Nisso eu também ainda acredito.

15 | *Amigos*

Quando pequena eu tinha poucas amigas reais.

Não se usava muito isso de dormir ou comer na casa dos outros, não havia praticamente vizinhas da minha idade, e levei muito tempo para me adaptar ao Jardim de Infância. Pra variar, chorava tanto, e por tanto tempo, que acabava não ficando.

Um irmãozinho morto antes de eu nascer talvez tivesse causado aquela extrema preocupação e cuidados comigo: protegida, cercada de amor, mas um pouco isolada. Eu nunca achei ruim, era apenas natural.

Mas eu tinha amigos imaginários, de que já falei: uma família inteira. Familinha, diminutos, vestidos de verde, chapeuzinho pontudo. Eu os sentava no peitoril da janela e conversava com eles. Imaginação infantil, ou de verdade gnomos benfazejos? Criança enxerga o que adultos há muito deixaram de ver.

Na escola comecei a entender amizade e coleguismo. Afinal já podia visitar amigas e elas vinham à minha casa. Sempre havia as mais ligadas em mim, e as mais ligadas

as coisas humanas | 57

entre si: eu, em geral a mais novinha e maior, mais pateta para muitas coisas, ficava um pouco de fora. Mas adorava dançar de mãos dadas no pátio da escola, cantiga de roda, sobretudo — ao entardecer nos dias de calor —, na calçada de casa. Quando se usava calçada para brincar, conversar, não só para andar depressa, olhando sobre o ombro, bolsa apertada no peito.

Nem sempre eu podia, nem sempre me deixavam, pais amorosos mas preocupados e, em algumas coisas, rígidos. Quando, já escurecendo, a criançada ainda corria ou girava na rua, eu tinha de entrar: banho, comer e cama. Sempre me contavam histórias antes de dormir, e antes de eu mesma poder me enveredar pelas histórias nas palavras e frases dos livros, meus amigos.

Mas eu tinha minhas rebeldias bobas e prematuras: "Por que tenho de entrar se as outras podem continuar brincando? Por que tenho de comer e logo dormir? Por que, por que, por quê? A resposta em geral era: "Porque eu quero." Ou: "Porque você não é as outras." "Mas então eu sou pior?" "Não chateia, menina."

Por isso e outros motivos, sempre desejei crescer. Ser jovem, adulta, entrar na maturidade, envelhecer: cada vez ficaria mais independente, mais livre. "Ninguém é livre", me diziam. É, sim, eu teimava. Livre para ler ou caminhar quando quisesse, para dormir quando sentisse vontade, para comer algo além de purê de batata, peito de frango, saladinha e canja. Poder dizer coisas bobas e dar risada fora de hora sem ficar de castigo no corredor, fora da sala de aula, por causa de uns irreprimíveis frouxos de riso. (Que ainda tenho hoje...)

lya luft

Mais tarde surgiram as grandes, verdadeiras amizades. Cedo deixei minha cidade bucólica e linda para fazer faculdade, e a cidade grande me adotou definitivamente. Então tenho pouca amiga de infância, mas algumas de muitas décadas. Se a gente pouco se encontra, estamos juntas no Whats ou no Face, e viva o *cyberspace*.

Estamos ao alcance de um telefonema, e aqui e ali nos vemos. Muita risada, lembrança engraçada, ou novidade triste — porque uma desvantagem do passar do tempo é que morrem mais pessoas queridas do que quando éramos moços. Também tenho amigos jovens, o que me ensina, comove e diverte.

Amigo, esse que não cobra, não trai, não tem inveja nem ciúme, nem te deixa na mão, e mesmo quando não te entende te curte — como eu espero ser para os meus — é um tesouro que o tempo não corrói, desde que não seja de material falso e ruim, o que às vezes acontece.

Amigo deve ser descomplicado e totalmente confiável. Esse seria o amor simples.

Que muitas vezes nos salva.

as coisas humanas | 59

16 | *Drogas, não*

Me desculpem os modernos e liberais, mas não acho graça nenhuma em drogas.

Tenho, eu sei, pouca tolerância com isso. Para mim mesma, talvez tenha sido medo de perder o controle com mais do que um gim-tônica numa festa. Sou uma mistura de arrogância e timidez, ah sim.

É tremendo, terrível, trágico o assunto da adição a drogas que incluem tantas pílulas modernas, cada vez mais sedutoras e mortais.

Falo em adição, não em experimentar de vez em quando, como acontece em certas turmas e festinhas, ou mesmo a sós, para quem julga que alterado fica mais inteligente, mais sensual, mais engraçado e mais interessante. Mas pode facilmente não viver mais sem repetir, e repetir, essa experiência mortal.

Muitas vezes criticada, digo e escrevo o que qualquer bobo sabe: existe o traficante porque existe o consumidor. Pior: cada vez que um de nós fuma seu cigarrinho de maconha, cheira sua fileirinha de coca, ou injeta em suas

60 | *lya luft*

veias seja lá que veneno for, está fazendo continência a um traficante — que um dia pode mandar meter uma bala em seu filho, ou outra pessoa amada.

As chamadas cracolândias existem não só por responsabilidade daqueles, quase lixo humano, deitados no chão entre urina, fezes e vômito, alienados, atordoados e doentes, — mas também daqueles que ali compram umas gramas de sua loucura e sua morte talvez para fazer uso dela em qualquer outro lugar, que pode até ser caro e chique, por que não? Sei de grandes festas em que papelotes de cocaína são oferecidos em bandejas junto com champanha francesa.

Talvez o ser humano tenha desde sempre necessidade de sair do seu registro dito normal para algo mais intenso. Uma bela taça de vinho pode ter essa motivação: relaxar, ficar mais alegrinho, menos tenso. Uma taça, não várias garrafas, e regularmente. Comidas, bebidas, substâncias, remédios em si são inocentes: seu uso pode ser mortal. Visitei anos atrás várias vezes uma chiquíssima, carésima clínica de recuperação de drogados, em outro estado.

Lá estava a filha de conhecidos meus, que me pediam que fosse junto, a menina chamava por mim. Eram quase todos jovens, quase todos com olhar vazio, muitos com curativos nos pulsos, muitos tendo saído e voltado muitas, muitas vezes: *sem esperança*, parecia estar tatuado em sua testa.

Alguns conseguiam lá dentro a droga que quisessem, transando com um funcionário, jardineiro ou operário que consertava telhados; muitos, voltando para casa, eram assediados por traficantes que chegavam a jogar papelotes

as coisas humanas | 61

de coca pela janela do quarto da vítima. Há quem possa usar droga aqui e ali, sem se viciar. Muitos, muitíssimos, não conseguem. E, para esses, começar, ainda que de brincadeira, ainda que com a dita inocente maconha, é assinar seu atestado de morte prematura e horrenda.

Não é possível vigiar alguém constantemente. Sem ter receitas nem conselhos, talvez o exemplo, o afeto, a alegria, a confiança, certo conhecimento da turma, dos locais frequentados, se for um jovenzinho, umas boas conversas nada moralistas, mas amigas, podem ajudar. Porém não há garantias: famílias amorosas e atentas podem ter drogados graves. Famílias doentes podem ter filhos saudáveis.

Além do mais, e acima de tudo isso, o trágico das pessoas que nascem mal equipadas para a vida. Como se não tivessem pele, qualquer brisa queima sua carne. Toda a delicadeza do mundo talvez não ajude, e vemos criaturas belas, boas, amadas, que se desmancham como lindas esculturas de cera diante de um calor perverso.

Precisam de um apoio, ou refúgio, que nada mais pode lhes dar, ainda que seja ilusão. E para nós, que assistimos, que amamos, é o drama tremendo da nossa impotência.

E, se apesar do amoroso cuidado tudo der errado, então sofrem todos, então fortalecem-se as cracolândias pelo país, enriquecem os traficantes, multiplica-se o crime, e passeia com suas longas vestes a Senhora Morte.

Recolhendo as vítimas de uma sociedade fútil e incompetente — ou frutos tão frágeis da nossa própria incurável condição humana.

17 | As *virgens loucas*

As virgens loucas do Novo Testamento — não preciso verificar e citar ao pé da letra porque aqui só me interessa a metáfora — não cuidaram do azeite de suas lamparinas, e sofreram algum castigo (talvez o noivo que escolheria uma delas se perdesse na escuridão, deixando-as mais loucas ainda).

Mas gosto da expressão, da loucura, do quanto reflete a nossa condição atual, o tsunami de confusões, ameaças, protestos, coisas honradas e outras distorcidas, nem tantas tão dignas, por este mundo afora.

Muitas, trágicas e cruéis.

O povo desta vasta terra, complexa e bela, estranha e familiar, tão diferente, tão beligerante muitas vezes, tanto estranhando seus próprios grupos, pode causar enormes estragos. Morais, ideológicos, físicos, emocionais. Temos em nós uma semente destrutiva que em certas horas explode em ramos malignos por todos os lados. Egoísmo, malignidade, inveja, desejo de poder, ganância, ou apenas desprezo pelos outros. Enfermidade moral. Traumas insuperáveis.

as coisas humanas | 63

Quem somos? O que sabemos? O que queremos? Oscilamos entre os pregadores do ódio, os oradores complicados que ninguém entende, os gritalhões adolescentes irresponsáveis, e os de bom senso, que preferem a discrição, o silêncio, a atuação tranquila e modesta visando um bem além de seu próprio minúsculo universo, em suma, o bem. Esse bem quase inaparente, sem orgulho nem alarde.

Um velho professor com quem muitíssimo aprendi sempre me dizia: "Só quem sabe o mais consegue dizer com clareza e verdade o menos."

Entendi que o caminho da sabedoria é também o da simplicidade — que continuo prosseguindo, com mais ou menos fervor. Não cumpro isso muitas vezes, nem com facilidade: continuo uma aluna nada exemplar.

Ainda tenho a ilusão de que um dia haverá paz. (Mas acho mesmo que é ilusão.) Ou mais paz. (Isso, quem sabe.) Menos violência, também entre os povos, menos humilhação, exploração, menos sofrimento. Nas famílias, entre amantes e amigos, em grupos de colegas.

Mas, como as virgens loucas, não temos o necessário bom senso, desprendimento, inteligência e disposição para o bem: ao contrário pequenas maldades saem com tanta facilidade, as calúnias, a maledicência, o rosto virado, o beijo negado, o sutil desprezo, que nem ao menos nos arrependemos: o remorso é para os santos? Nós, pequenos e medíocres, seguimos em frente, empurrando com o pé quem ou o que nos estorva.

Talvez com algumas exceções a gente não tenha os instrumentos necessários para que tudo com o tempo se transforme, melhore, cresça, e nos humanizemos, e sejamos um pouco mais fraternos, leves, livres, generosos, aliados uns dos outros, na vida pessoal, e na dos povos.

Porque afinal todos conhecemos pessoas assim, as que pela mera presença, e voz, espalham uma sensação de abrigo, acolhimento, coisa boa e confiável. Certamente elas são mais do que esse número que enxergamos. E silenciosamente se multiplicam, se espalham neste mundo em tantas coisas atormentado, e abrem paisagens boas e luminosas. São enseadas de esperança.

Difícil.

Talvez impossível.

Não sou em geral pessimista, mas penso que vamos seguir guerreando até o último homem no último dia, até a última virgem ensandecida apagar a derradeira chama.

as coisas humanas | *65*

18 | *Fala um personagem*

(O Menino de meu romance O ponto cego. Tive, tenho por ele, como por alguns outros personagens que inventei, um carinho especial.)

Eu sou o que deixaram sob o tapete, o que à noite se esgueira pelos corredores chorando. Sou o riso no andar de cima muito depois que uma criança morreu. Sou o anjo no alto da escada de onde alguém acaba de rolar. Sou todos os que chegam quando ninguém suspeita: saem de trás das portas, das entrelinhas, do desvão.

As pessoas não descobrem, apenas desconfiam. Viram a cabeça um pouco, lançam um olhar disfarçado, mexem-se na cadeira. Ou continuam dormindo, boca entreaberta e corpo encolhido sob os lençóis. Algumas, entrelaçadas pernas e braços. Eu gosto disso, de me infiltrar sem ser esperado, sem ser visto.

Eu sempre estive lá: sei muito a respeito de todos eles, sei quase tudo. Menino, anão, gnomo: um ouvido, uma grande orelha, um olho enorme de pálpebra semicerrada como quem não quer nada, como quem nem quer ver. Mas pela visão o mundo entra e sai, e se armam todas as cenas, as narradas e as reprimidas: essas, florescerão.

Não há saída, não há como escapar de quem assim contempla e controla e trama. Isso devia assegurar a minha vitória.

* * *

A Mãe que me seguia com seu amor e me perseguia com seus cuidados, sempre que tinha tempo jogava comigo o jogo de esconder. Aqueles eram os meus momentos mais felizes: ficava provado o quanto ela precisava de mim. Para me ocultar, no sítio havia o armário embaixo da escada, onde se guardavam as coisas inúteis. Esse era meu lugar. Só uma aberturinha no alto, quase escuro. Sempre gostei da sombra: nela sou livre.

Onde não há nenhum canto bom para me enfiar, levanto em torno de mim paredes de ar. Fico parado no meio da sala, quietinho, fecho os olhos com força, quase nem respiro. Chamo: "Pronto!" e minha Mãe anda ao redor fingindo não me ver. Ela me procura, procura por mim preocupada, onde está o meu Menino, onde está? De repente me agarra, me abraça com força e a gente dá risada.

Para mim teria bastado. Mas não sei se bastava para ela.

as coisas humanas **|** *67*

A Mãe que me validava ainda não se descobrira. A Mãe que confirmava o lugar de todos nós não sabia de si. Eu era um menino inventado por sua Mãe?

De vez em quando, distraída, calculando o montante de sua dívida e a possibilidade de não mais pagar, ela errava no jogo. Mais tarde, levada na maré dos olhares de quem mesmo não estando a seu lado estava dentro dela — mais que filho —, desistiria inteiramente de mim?

Sem saber, ou para me ajudar, minha Mãe me revelou caminhos e artimanhas.

Perguntei:

— Mãe, onde estão essas pessoas, onde acontecem essas histórias que você me conta?

— Sempre que não entendo um fato ou ele me assusta, invento histórias a respeito dele, e são as que lhe conto.

— Esse cavalo cor de mel de que você às vezes fala, esse cavalo existe?

— Tudo existe. Tudo o que a gente inventa existe, se a gente quer existe lá no seu mundo, do seu jeito. — E disse: — Podemos inventar qualquer coisa que nos dê alegria, que nos ajude a escapar. Um amigo, um cavalo, um caminho.

Eu quis perguntar do que ela escaparia e para onde, mas tive medo da resposta e não indaguei. Sempre foi mais prudente inventar perguntas do que escutar respostas.

Dizendo essas frases minha Mãe tinha um estranho olhar, como se soubesse muito bem o que queria: encontrar a hora e o motivo de dizer não e sim.

Ela podia buscar consolo em suas fantasias. Eu tinha mais que isso: podia fazer o cavalo existir de verdade. Bastava eu criá-lo para mim, tirar assim do nada, do vento, como

68 | lya luft

quem desenha no papel: ele começava a nascer. Erguia a curva da cabeça, espiava com o grande olho, esticava o flanco, mexia as patas fatais.

As histórias de minha Mãe eram o meu conforto. Depois que eu a perdi, o cavalo cor de mel seria a minha salvação.

Tudo isso é um jogo.

Um jogo muito perigoso.

as coisas humanas | 69

19 | A trança no papel de seda

Naquele casarão, estar no quarto que fora o de minha mãe era entrar num conto de fadas que só aguardava minha chegada.

Quando tinha tempo, a avó abria a tampa de um baú sob a janela e eu podia ver, pegar, até vestir: eram roupagens de crianças de antiquíssimos carnavais. A sensação de coisas há muito guardadas, o farfalhar dos tafetás, a cócega das plumas, o oblíquo olhar das máscaras acendiam a fogueira da minha imaginação.

Vestindo aquelas roupas eu sentia o poder dos disfarces, e a multiplicidade, a riqueza, de nada nunca ser o mesmo nem ser um só. Usar uma fantasia era como viver atrás de biombos — era ser todas as possibilidades. Estar no palco.

Não consigo descrever a alegria de remexer nesse velho baú: o tempo era como um peixe de vidro de repente na minha mão, concreto. Era meu. Estavam ali os momentos vividos de minha mãe menina, era o estranho-íntimo, onde eu penetrava quase a medo.

E quando em casa lhe falei daquela descoberta, o baú, as máscaras e roupas, minha mãe não pareceu dar muita importância. Achou graça da minha emoção, nem sabia que aquelas velharias inúteis ainda estavam guardadas.

Nessa mesma arca encontrei embrulhado em papel de seda amarelado algo ainda mais precioso, e estranho. Uma trança grossa e comprida de cabelo castanho-avermelhado, lustroso como se tivesse acabado de ser lavado e seco ao sol.

Corri para a avó:

— O que é isso, o que é isso?

Eu estava ofegante de excitação.

— Olha só, eu até tinha esquecido.

— Mas é cabelo, isso aí, não é? De boneca?

— É a trança de sua mãe que cortei quando ela tinha uns nove, dez anos. Veja só...

Minha mãe já comentara do dia em que lhe tinham cortado os cabelos, que usava até a cintura. Estava assim em algumas fotos muito antigas, séria como se o peso da cabeleira a incomodasse um pouco.

Como fosse rebelde ao eterno fazer e desfazer das longas tranças, a mãe com tesoura lhe cortara tudo, deixando-a apenas uma menina comum, com cabelos comuns. Em lugar de se entristecer minha mãe ficara contente: era uma criança como seria mulher, alegre e prática, aparentemente sem complicações maiores — exceto a dor de um menininho morto.

Eu sentia seu olhar sobre mim de vez em quando, ao me ver perdida lá nos meus encantamentos. Talvez estranhasse haver-me parido tão diferente dela, embora

as coisas humanas | 71

fôssemos cúmplices em muitas brincadeiras. Mas aquele registro onde eu às vezes me fixava, aquele desvão pelo qual me enfiava, a deixava perplexa.

A dona daqueles cabelos lustrosos viveu em mim, alimentada com histórias que dela me contavam: de quando não era ainda a mãe futura com a espinhosa tarefa de me educar, mas uma criança que subia em árvores, jogava bolinha de gude na calçada diante da casa com os irmãos, roubava uvas da parreira e (como eu, como eu!) não gostava da escola.

E também podia ser igual a um anjo num retrato, em seu vestido de babados de tule branco, sentada numa poltrona debaixo daquela mesma árvore de Natal que girava desde aqueles tempos inimagináveis e chegaria até mim.

Aquele esboço da mulher — que depois seria minha mãe — era mais meu que dela, que estava desinteressada daquele passado todo, tão passado estava já dentro dela.

Por um tempo não muito longo convivi com minha mãe pequena reinventada, com seu rosto oval e pele azeitonada, os olhos marotos e sua cabeleira intemporal.

Sem o saber, essa mãe-menina foi minha alegre amiga imaginária.

20 | *Meg, a Gorda*

O nome era Meg, mas nós a chamávamos amorosamente de Gorda.

Pela própria raça, uma pug, tendia a ser roliça. Era mansa, preguiçosa, carinhosa, sempre atrás de mim pela casa. Deitava-se invariavelmente do meu lado esquerdo quando eu vinha para o computador. Na sala, à direita da minha poltrona, onde eu podia lhe fazer carinho, e conversar com ela. Quando a comprei há uns nove anos era minúscula, cabecinha desproporcional e ar melancólico, cara comovente de pug, olhos grandes, focinho achatado, rabinho enroscado.

Com o tempo cresceu mais do que o esperado, ficou difícil carregar no colo.

Quando tinha uns quatro anos comprei-lhe uma irmã: Melanie, a spitz, ou lulu da pomerânia, uma raposinha mignon que se aninhou no meu pescoço quando a peguei na loja, e me seduziu imediatamente, incondicionalmente.

Era em tudo diferente da Gorda: focinho fino, olhos de gazela.

as coisas humanas | 73

Melanie é uma raposinha que finge ser um cachorro, que pensa que é gente. Eram uma dupla engraçada, mas muito amigas: instalavam-se lado a lado na poltrona vermelha da sala, às vezes Melanie atormentava a pug com suas brincadeiras, puxando-lhe orelhas e rabo, ou acabavam dando suas corridinhas pela casa. Meg era a minha gorda com aquele ar enternecedor da sua raça; Melanie, uma pluma de pelos longos sempre querendo colo.

No último ano, a minha Gorda amada começou a ter sérios problemas de saúde: respiração difícil, já não conseguia subir na poltrona vermelha, alergias fortes e resistentes a quase todos os muitos remédios, problemas em um ouvido, que por fim levaram a uma cirurgia delicada e longa. Era inevitável: mais de um veterinário consultado, melhor pet, melhor clínica, mas meu coração de mãe estava inquieto. Passou alguns dias numa excelente clínica, onde a gente a visitava.

Todos estavam otimistas, a Gorda acabou voltando para casa, sacudindo aquele seu improvável rabinho enrolado. Mas não era mais a mesma. Muito cansada, pouca fome (antes devorava o que lhe déssemos), sem vontade de brincar. Queria ficar perto da gente. Dormia às vezes no tapete junto da minha cama, cabeça sobre minhas havaianas. Nós preocupados e impotentes.

No sábado à noite parecia mais cansada do que de costume. Quando fui ao seu quarto na manhã de domingo meu peito gelou: não conseguia levantar mais. Tomei-a nos braços, ainda pesada, chamei socorro, voltou para a clínica, de onde seguidamente ligavam com notícias de que estava estável, no soro, e ficaria tudo bem.

Na noite desse mesmo domingo, Melanie, a raposinha, correu duas ou três vezes ao quarto da irmã e voltou nos encarando com seu focinhinho atento. Queria nos dizer alguma coisa, ela está sempre dizendo coisas. Na manhã seguinte, o telefonema da veterinária. Nem precisou dizer: "A Gorda morreu." Morreu de madrugada, parada cardíaca, tudo rápido, sem drama nem alarido, do jeito que sempre foi: mansa, quieta. Não sei se existe um céu de cachorros, de bichos, mas algo daquela sua energia bondosa continua por aí e pela casa.

Meg foi cremada, e suas cinzas brancas e inocentes foram enterradas num vaso na sacada do nosso quarto.

Nenhuma outra planta floresce tão forte, e bela, quanto a trepadeira que plantamos ali.

as coisas humanas | 75

21 | Dicionário para crianças

(Meu filho André também
está nessa história real.)

O menino de uns oito anos chegou até o pai e pediu que explicasse uma palavra. O pai olhou, pensou, entre sério e divertido, mas sem espanto, pois conhecia o seu menino, e lhe disse já estava grandinho o bastante para procurar num dicionário. Deu-lhe um dicionário escolar, bastante simples e claro, o chamado Luftinho, explicando como se fazia.

A criança sentou na poltrona, olhou, folheou, leu, sacudiu a cabeça: "Tá difícil, pai, não tem dicionário pra criança?" Hoje deve ter, mas naquele tempo não tinha. Nem havia computador, internet, Google, nada.

O menino então decidiu:

"Eu vou escrever um, posso?"

Claro que podia.

Pegou-se um arquivo, daqueles bem antigos, pequeno, o alfabeto ele conhecia, escrevia direitinho. Depois de uma semana chuvosa de férias, quando os pais tinham esquecido o assunto, lá chegou ele com o arquivo na mão: "Olha aqui o meu dicionário. Esse as crianças vão entender."

Alface. Alface é uma verdura. A alface é de comer, mas eu não como alface. Ela é verde na folha e branca no cabo. Minha mãe diz que salada faz bem pra saúde mas eu só gosto de salada de batata.

Amigo. Amigo é uma pessoa que gosta da outra. Daí é amigo. Eu sou amigo da minha família e da família da nossa empregada. A gente devia ser amigo de todo mundo. Mas às vezes não dá.

Afogado. Afogado é uma pessoa que se afoga. Na praia eu vi pessoas afogadas e os salva-vidas iam lá e salvavam elas. Os salva-vidas são pessoas que salvam as pessoas. Um homem que se afoga mas fica vivo é porque não tinha se afogado muito. Eu nunca me afoguei.

Seco. Seco é o contrário de molhado. Por exemplo: quando não chove fica tudo seco. Quando o sol fica raiando muitos dias tudo fica seco. Sem sol nada fica seco. Aí a mãe reclama que está tudo úmido. Úmido é um tipo de molhado. Mas o sol não pode raiar o tempo todo. Porque daí todas as plantas se queimam e então também tem que existir a chuva. Que é molhada.

Xixi. Estou botando essa palavra porque só conheço essa com x. O xixi é um líquido que sai da barriga da gente. O xixi é amarelo. O xixi é importante, porque senão onde íamos botar toda a água que a gente toma?

as coisas humanas | 77

Zebu. O zebu é um animal. É um tipo de boi com uma bola nas costas. Ele tem uma cabeça, um corpo, quatro pernas, um rabo, dois olhos, uma boca, um nariz, um pé, outro pé. E mais dois pés. Aí uns homens chegam lá e matam ele e tiram a carne dele e comem. Isso eu acho muito triste. Mas se não fosse assim como é que a gente ia comer carne?

(Deixei essa para o final, fora da ordem, porque mostra quem ele já era; o destaque é meu:)

Bonito. Bonito é uma coisa que se chama de bonito. Por exemplo: uma pessoa que seja o contrário de feia é bonita. Eu, minha mãe, meu pai e meus irmãos somos todos bonitos.

Mas o mundo que Deus fez é o mais bonito de tudo.

22 | *Perdas & peras*

Certa vez, em lugar de "perdas" escrevi "peras" num texto qualquer.

Ao revisar eu ia corrigir, mas achei que seria bem mais interessante deixar como estava. Essa é uma de minhas manias ao escrever: "Quem sabe tirar os dois últimos parágrafos do livro o deixa mais intrigante?" Fiz isso muitas vezes.

Pois lendo aquilo as pessoas um dia talvez pensassem: "O que será que ela quis dizer?" Afinal, o interessante nos fascina e o desinteressante nos entedia.

Salvem-nos as surpresas, de preferência as boas...

Essa "ilogicidade" da arte me encanta, embora nem todos os artistas concordem. No mágico clima da arte, ainda que aprendiz tardia no campo da pintura, aprendo um pouco mais essa ilogicidade a que me refiro com minhas peras: digamos que se trata antes de liberdade. E cada vez mais mergulho, agora com mais tempo, em uma das minhas formas de ser feliz: ler, ler, ler. De momento, uma rara biografia de Confúcio, cuja vida foi, segundo o autor,

as coisas humanas | 79

um relativo desastre, mas cujas ideias embasam a incrível cultura chinesa e fascinam os ocidentais.

O que buscamos, afinal, em nossas breves e ilusórias existências? Fama, sucesso, ser magro, ser atlético, ser famoso e rico, enfim "ser feliz", seja lá o que isso significa para cada um — objetivo que muda em cada fase da vida. Quando criança eu queria ser adulta, pois para eles me pareciam existir as coisas interessantes.

Eu já quis entender o mundo, para isso lia feito desesperada para susto de minha mãe: devanear ou ler demais me deixaria "pateta" e além disso afastaria candidatos, "porque homens não gostam de mulheres muito inteligentes". Adulta, quis ter uma família, filhos que sempre foram meu maior e mais ardente desejo: o que seria de mim sem essas criaturas tão amadas, mesmo que eu fosse bela, magra, rica e famosa?

Sempre quis muito ter uma relação pessoal positiva e boa, e embora duas vezes viúva tive isso como dádiva do destino, agora mais uma vez — curtindo há bom tempo o aconchego de uma relação de grande parceria.

Nesta fase atual da vida, quase invernosa, observo melhor, mais pacificamente, as árvores, as nuvens, as pessoas, os quadros, os bichos, ler horas a fio ou só ouvir música, fazendo o que amava fazer em menina, agora sem ninguém me chamar atenção, "para de sonhar, vai brincar, vai fazer o tema".

Reformulei muita coisa, e tenho conseguido — o máximo possível sem virar uma estranha eremita — ficar sossegada, sabendo que a família melhora este mundo pela sua decência e talentos, os amigos estão perto, ainda escrevo com alegria, curto a paisagem da minha cobertura mais rústica do que chique, e com meu parceiro escapo nos fins de semana para outro refúgio simples, na serra.

Mas confesso que, às vezes, nestes estranhíssimos e inquietantes tempos, a alma se aflige mesmo quando a vida está boa: como estamos tratando as pessoas, a cidade, o país, o mundo — se é que somos responsáveis por toda essa enormidade?

De alguma forma, somos?

Ou tem demais gente pessimista e sombria por aí e corro perigo de ser uma delas?

Seja como for, essa sensação, é como hesitar entre peras e perdas, sem saber direito qual a mais interessante.

Até descobrir que em geral não faz a menor diferença — e a exatidão, a não ser quando essencial para a vida, não é mais importante do que uma breve e esfiapada nuvem ali em cima.

Importam, sim, os amores, os desejos, a curiosidade, o outro, e também qualquer esperança e qualquer pequeno projeto, como: hoje vou comprar laranjas e botar nessa travessa de vidro azul. E ficar olhando, feliz.

A magia das pequenas coisas.

as coisas humanas

23 | Essa em que não queremos falar

Entro no meu aquário interior — lá estão os belos peixes de opala das memórias todas.

Os melancólicos pesados peixes azuis e roxos no fundo são as perdas, as horas felizes ondulam feito peixes dourados perto da superfície.

Toda a ausência, todo o vazio congelou-se diante de mim — estava ali, era palpável, mas ainda era só um sopro — nas duas ocasiões em que me sentei diante do amado morto.

Em poucos anos foram-se dois homens que amei, cada um à sua maneira, cada um com sua duração em minha vida, cada um alguém que me amou e estimulou, me abriu horizontes e me impulsionou.

Um deles após anos de quase total ausência; outro, em poucas horas.

Postada ali ao lado de cada um deles, semana a semana, ano após ano ou apenas por algumas horas, varada por aquela luz negra, compreendi o que não cabe em palavras: somos continuação, somos infinitude, somos água corrente, água, água, água.

E quando a morte sobrevém, lenta ou atirando-se do alto como uma ave de rapina, após um primeiro período de horror e impotência, quando o mundo perde o sentido e nós todas as referências, sentimo-nos dentro de um túnel sem saída e sem consolo.

O sofrimento nos concentra em nós mesmos, quase nenhum conforto vindo de outras pessoas no início nos interessa realmente. Agarramo-nos a nós mesmos com unhas e dentes — aparentemente, somos a única coisa concreta que nos restou.

* * *

Na morte do parceiro rasga-se de alto a baixo todo um mundo nosso — a vida explode em carne e sangue e escombros de sonhos.

Quem ficou sente que uma parte sua desapareceu no ar como se uma granada lhe tivesse arrancado a metade do corpo. Pedaços de nós voaram para todo lado, misturados aos fragmentos lembrados do outro, e levaremos tempo — e dor — para catar, aqui e ali, o que parece ter sido nosso e reconstituir um novo ser, o eu-sem-outro, esse remanescente do que fomos. Buscamos explicações, desejamos certeza de que algo daquela pessoa sobreviveu para além da memória.

Não há respostas.

as coisas humanas | 83

* * *

Na morte de um filho, arrancam de nós brutalmente um naco do coração. O sangue pinga, a dor é ofuscante, pior que parto dos antigos, sem gentileza de anestesia. É a dentada de um demônio feroz. Ferida sem cura — mas temos de sobreviver, viver, há muito ainda para amar e cuidar. Assim dia a dia a vida volta a nos chamar, e sua voz tem muita força.

É preciso aceitar a ferida e tentar não mostrá-la demais, os outros afinal não têm culpa. Mas nada parece o que era antes — nem nós. Somos doentes que um dia acabam saindo pela primeira vez da cama, depois do quarto, e finalmente espiam o dia lá fora.

Como acontece com o vento, a maré, a chuva, pressentimos sua chegada. Alguma coisa vai se transformando. A perda não deixa de doer: com o tempo, dói menos. A chaga encolhe suas beiras inflamadas e ocupa um espaço menor no real, permite que se ande melhor, se respire melhor, se pense melhor.

O tempo — e o brando mecanismo do cotidiano — é inimigo da dor.

Às vezes ela está mais suportável, mas o menor movimento inesperado, um som, uma palavra, um cheiro, um objeto qualquer desintegra outra vez o que parecia reestruturado.

É processo complexo que varia em cada pessoa, em cada circunstância. Seja como for, de tropeço em tropeço, de agonia em agonia, retomamos o prumo.

Mesmo reconstruído, o novo eu estará para sempre marcado: a Bela Dama o pegou pelos ombros, olhou fundo em seus olhos, beijou a sua boca e apunhalou sua alma.

Ninguém sobrevive a isso impunemente.

* * *

Sentei-me junto de quem acabava de morrer e segurei-lhe a mão.

Sentei-me à beira da cama de quem levou anos para morrer, e também lhe segurava a mão.

Sentei-me junto do caixão do filho amado, e fiquei falando com ele baixinho, como se me escutasse... e acariciava sua barba grisalha e dizia, filhinho, meu filho, como foi acontecer isso? E ouvia a minha própria voz como de outra pessoa, estranha e distante.

Cheguei a pensar, quem é essa louca repetindo sempre a mesma coisa?

Você estava em choque, me disseram depois. Eu estava terrivelmente lúcida. Ficava ali sentada, murmurando, como milhões de pessoas — sempre mais mulheres que homens — haviam feito o mesmo, sentido o mesmo desde que existimos neste mundo.

Perceber no canto do quarto as asas da Morte rumorejando, sua presença como água subterrânea que vem vindo pronta para cobrir a vida com treva e levar para sempre quem nos valeu tanto nesta vida: é a experiência do inominável.

as coisas humanas | 85

* * *

Fingimos que não, que não, melhor não pensar. Fingimos que tudo é para sempre.

Quantas vezes num convívio longo ou breve nos demos conta de que não era eterno? Quantas vezes na lida diária sentimos que era passageiro? Quantas vezes pensamos que atrás dessa superfície alguma coisa mais espera, imóvel, paciente — concreta e real ainda que parecendo apenas névoa?

Pouco disponíveis estamos para o inquietante.

Mas ele está lá, o avesso de tudo, como passos no corredor embora não haja ninguém, um tumulto sutil no ângulo da sala vazia indicando que há — sobrepairando as frivolidades — um segredo sem tamanho, que torna tudo precioso e singular.

* * *

Transitamos por tudo isso como crianças inconscientes, com uma leviandade invejável e alegre, até que essa realidade nos atinge, nos enfia a faca no peito, e nos derruba com um soco na nuca.

Não há grandes novidades na face da Terra, no que nos diz respeito: o ser humano não é nem ao menos original, a mais louca fantasia já foi elaborada por muitos antes das nossas, o ódio mais intenso, a mais densa alegria.

Até a Senhora Morte, rainha da noite de nossos dias, nada tem de original.

Milhares, milhões morrem até em grande massa, nos tantos genocídios que continuam ocorrendo — e ninguém faz nada ou pouco se faz; diariamente pais perdem filhos jovens ou crianças, milhares e milhões definham nas camas esperando o alívio da morte ou geralmente não querendo morrer... mas, quando nos atinge, jamais estamos preparados.

Essa Senhora Morte, a bela dona de todos os sustos, com mãos de sono e colo de alívio, é nosso chão cotidiano — embora a gente negue, embora a gente fuja.

Não sendo original nem rara, devíamos aprender a respeito dela com a natureza: árvores novas e dignas árvores muito velhas são feridas por um raio ou pela mão do homem, ou simplesmente envelhecem e morrem e se desfazem segundo suas leis naturais.

Sendo naturais, somos charada: pensar nisso nos persegue e dói. A morte nos joga de cabeça nesse escuro sem beiras. E com ele entra em nós um conhecimento que não podemos explicar porque não cabe nas palavras, e não se partilha com ninguém mais.

* * *

Os que amei e morreram me visitam, não como fantasmas ou espíritos mas como realidades: o tempo não é tão importante, nada do que houve se destruiu, está em mim para que eu o preserve.

Posso acreditar em quaisquer teorias. Por exemplo, quem morreu se reintegrou na natureza; preservou-se nos

as coisas humanas | 87

seus genes, em nossos filhos e netos; faz parte da energia maior; enveredou por uma outra dimensão; é uma alma.

Não importa no que acredito.

Importa que eu acredite mais na vida que na morte, mais na presença que na ausência: significa mais do que luto ou amargura, é o melhor que posso fazer por esse que perdi — sem o perder.

* * *

Não sei. Não sei nada sobre morrer. Mas em algum lugar estão os que conheci, aqueles com quem me deitei, ou os que foram apenas meus amigos, meus irmãos, meus pais, meus mestres. Estão, não acabaram. Sem explicação — mas com intensidade.

Somma luce: a suprema luz da realidade transcendental não cabe nas palavras nem no meu pensamento, mas me atinge me penetra me reveste, porque, sem nada compreender, nela estou mergulhada.

Todos estamos, sem perdão, sem remissão.

24 | *Os diferentes*

Quem teve filhos, ou cuidou de bebês, quem lida com pessoas — e as observa porque são gente — deve ter observado que desde os primeiros momentos somos diferentes.

Diversidade não tem só a ver com raça, cor, religião, ideologia, mas também se realiza entre os ditos "iguais", nas diferenças da mente, capacidades, conceitos e emoções que vão nos marcar.

Desde o começo temos a criança solar, naturalmente animada e alegre, de sorriso fácil e olhar luminoso, e a outra, mais quieta, recolhida, assustadiça, desconfiada. Mal-humorada, até facilmente agressiva: sim, criança pode ter um gênio bem difícil porque nasceu assim, ou porque o convívio familiar, educação, experiências pessoais a vão distinguindo. Mas amadurecendo temos raciocínio claro, e força de vontade: pessoas agressivas podem se educar, e melhorar. Outras, mesmo de natureza mais afável, em ambiente hostil, violento, frio, podem se tornar hostis ou parecer antipáticas.

Por que escrevo isso?

as coisas humanas | 89

Porque me espanta — a gente sempre acha que a certa altura da vida nada nos espanta, mas é mentirinha — essa nossa agressividade à flor da pele. Não recordo tempos tão intolerantes. Branco e preto. Politicamente correto (detestável) ou incorreto. Azul ou vermelho. Direita ou esquerda, e outras noções já bem ultrapassadas.

(Se não cuidarmos logo chegaremos de novo ao assustador "cristão ou muçulmano, ariano ou judeu", e outras insanidades.)

Andamos pouco civilizados, por qualquer coisa atropelamos, batemos, xingamos, afastamos, deletamos alguém: por que tanto assim, por que com tamanha frequência, por que essa dificuldade em entender, aceitar (nada a ver com se acovardar), desculpar, e — se queremos afastar de nós — em nos distanciarmos sem ferir?

Possivelmente porque, neste mundo conturbado, neste ambiente político bizarro, nesse espetáculo de violências variadas mundo afora ou aqui na esquina, estamos realmente com os nervos expostos: medo, insegurança, o assombro moral nos deixam em alerta.

Arreganhamos os dentes, esticamos a cauda, e lá vamos nós, agredindo muitas vezes por receio infundado, sem motivo concreto. Em alguns lugares, ir a um jogo de futebol pode ser arriscar até a vida. Ninguém com bom senso conversa no carro diante da porta da namorada. Ninguém circula tranquilo nas ruas escuras, e descemos do carro, ou tocamos a campainha, olhando para os lados como se estivéssemos na selva.

Estamos na selva: nós a criamos. Ou permitimos que se formasse, e até participamos dela. Isso tem remédio, receita, tem jeito? De momento ando cética quanto a comissões, grupos, discursos. Eu, aqui, comigo, devo tentar ver todos como pessoas: com rosto, emoção, vida, mesmo que eu não lhes saiba o nome.

Vou ao jogo para torcer, para ver meu time ganhando, mas perder não deve ser o fim da minha decência. Discutir opiniões é normal, mas não preciso dar porrada física ou verbal se minhas ideias não forem aceitas. O trânsito está um horror, mas não tenho de atropelar alguém ou sair gritando insultos. Se o trabalho foi duro, o dinheiro é pouco, se alguém me irritou, não posso chegar em casa me portando da mesma forma.

Somos todos inocentes.

Ou somos uns pobres diabos assustados.

Se a gente não começar em si mesmo, feito formiguinha, a coisa só vai piorar: logo até dentro de casa vamos acordar rosnando como numa selva ameaçadora.

Porque a família é o primeiro mar de diversidades — onde nadamos, ou naufragamos.

E talvez, ainda, a ideia de igualdade seja mais uma ilusão: somos todos diferentes, diversos, únicos. Com maiores ou menores — ou inexistentes — doses de bondade, respeito, informação e humanidade.

Quanto a mim, diferente em algumas coisas — lia demais quando menina, assim não ia arranjar marido, aconselhavam as mulheres da família a minha mãe receosa —, não era um tipo modelo de capa de revista, era

as coisas humanas | 91

ensimesmada com acessos de maluquice e riso — sempre tive um amor especial pelos que saíam um pouco ou muito do esquadro banal.

Nos meus livros, inventei um anãozinho ou dois; a menina da perna curta que era senhora do mistério — e achou um tigrezinho de olhos azuis no fundo do jardim, guardando um segredo só dela, poderosa; a pianista perdida na vida de uma fazenda remota; o rapaz com medo de sua homossexualidade; a pobre inválida sem nome pois a batizei de Ella, vegetando em seu quarto escuro onde as crianças perversas (ou inocentes?) a atormentavam; o menino que não queria crescer... os amantes que não conseguiam se encontrar... eles, todos, certamente os melhores, os mais fascinantes, num mundo que tende a igualar, a banalizar, a querer cortar cabeças que se destaquem um pouco mais. A reduzir tudo a qualquer coisa que não merece ter um nome.

Mais de uma vez perguntaram por que vários personagens meus não têm nome. Nem eu sei o motivo. Talvez seja hora de indagar outra vez, com a sombra de um medo espiando sobre meu ombro:

Pra que palavras?

25 | *Ainda os diferentes*

Somos todos desiguais.

Muito me intriga, ou talvez deva dizer, me irrita, essa eterna questão dos diferentes. Não falo em qualidade, em direitos, mas na essência, na feitura, pode ser na pele, no grau de habilidades, no tipo de talentos, nos gostos, nos jeitos. Nos traços físicos.

A igualdade total é uma utopia muito danosa, pois além de irreal causa muito conflito, sofrimento, e mais preconceito ainda. Nada mais preconceituoso do que dizer que não se pode chamar um negro de negro: eles próprios se chamam assim, e com orgulho. Tenho CDs do Raça Negra, nas estatísticas se fala em "pretos e pardos", tenho netos que têm sangue negro e, embora não pareçam, certamente se orgulham do avô negro que amavam, que foi meu amigo, e muita coisa me ensinou.

Então não venham me falar de preconceito, e de honrar os diferentes. Só os honraremos aceitando, amando, respeitando, e considerando naturais as suas diferenças.

as coisas humanas | 93

Eu sempre fui em muita coisa diferente. Em geral mais moça e maior do que as amigas e colegas, com manias para elas esquisitas como essas de que falei — ler o tempo todo, preferir chuva a sol, rir de coisas de que ninguém achava graça, e viver muito mais recolhida em casa, feliz da vida, em lugar de correndo na calçada, ou indo a festinhas.

Sempre fui uma mistura de tímida e arrogante: em geral os tímidos usam essa arrogância como escudo da própria fragilidade. Eu, mais tímida do que devo parecer.

E daí?, pergunto. Justo lutar pelos direitos de todos, e eu, com as palavras e textos, e palestras, sempre fiz isso do jeito que podia, acho que sem grande sucesso. Mulheres, crianças, negros, amarelos, imigrantes alemães, italianos, árabes, japoneses, os gordos, os magrelos, os brilhantes e os mais lentos... por que não os amar a todos, por que não os incluir nesta grande, imensa, complexa fraternidade dos humanos?

Por que não sermos um pouco mais humildes, realistas, abertos a algum tipo de fraternidade que há de ser possível?

Não sei. Me irrita sumamente pensar nisso.

Porque no fundo mais fundo, somos todos uns pobres coitados "querendo nos fazer de interessantes", diria minha velha mãe.

26 | *Panorama visto da infância*

Na menina que fui está a mulher que sou e vou continuar me tornando até o fim.

Ali nasceram o trabalho que faço, meus relatos ou minhas invenções. Meus amores e medos, minha inesgotável busca de entendimento de todos os segredos que eu mal adivinhava ao meu redor, perto e longe.

Mas como seria o mundo quando eu o espreitava das varandas da infância, sem adivinhar (ou mal pressentindo) a violência, a maldade, a perversão, a treva que viria a conhecer mais tarde, pois inundaria minha mesa, minha casa, com notícias reais vindas de fora, mas minhas porque sou parte de tudo isso?

Naquele tempo havia uma pequena cidade, e nela a casa onde eu nasci, que, embora já não seja minha, continua em mim como uma caravela em uma garrafa: uma casa dentro da memória.

Nunca mais senti aquele mesmo aroma de lençóis limpos nem o cheiro das comidas, nem escutei as vozes amadas e o crepitar das lareiras, nunca mais tive a mesma sensação

as coisas humanas | 95

de acolhimento, e embora hoje tenha outras vozes amadas, e minha casa e minha lareira que também crepita, nunca mais pertenci a nada com tamanha certeza.

Sou e não sou mais aquela que dormia ancorada na ordem da vida confirmada pelos cuidados da mãe, os passos do pai e os contornos do quarto.

O tempo da insônia era como atravessar a precária ponte entre o vazio e as coisas reasseguradas, sem saber se aquele Anjo da Guarda de belos olhos, no quadro sobre minha cama, conseguiria me proteger. Eu acendia a luz do abajur, botava um pano qualquer diante da fresta embaixo da porta, e estendia a mão: meus livros, meus parceiros e cúmplices, meus navios de muito viajar estavam ali, e me faziam companhia.

Não sinto nostalgia dessa fase, embora tenha sido encantada: ela está preservada em mim. Está aqui à mão, para ser lembrada, e me ilumina. Mas a criança que fui também era habitada por um animal que batia os cascos impacientes querendo rebentar o cotidiano, e levantava voo na hora em que uma boa menina devia estar fazendo suas lições ou dormindo segura dos seus amores.

— O que é que tem ali?

— Não tem nada, é só um arbusto.

— Mas eu vi uma sombra se mexendo.

— É o vento nas folhas, não é nada.

— E se for uma fada?

— Não é fada.

— E se for uma bruxa?

— Não é uma bruxa, fica quietinha agora, ou vai pra cama já.

96 | *lya luft*

— Seria tão bom se aparecesse uma fada aqui pra gente, não é, mãe?

— Seria. Agora sossega.

Menina no terraço que podia também ser um penhasco sobre o mar. O mar de árvores resmunga porque tem vento. Os talos de capim roçam uns nos outros cochichando. Aqui e ali, flores, ou são estrelas-do-mar?

A voz dos sapos fazendo renda para o casamento, o clique-clique da tesoura de podar que também corta a língua das crianças mentirosas, a água da torneira no tanque, os passos na escada, e sempre árvores, árvores, tudo infinitamente o mesmo mar.

De repente a tempestade era um animal empurrando aquele súbito silêncio que fazia a avó dizer: "Olha a chuva!" E o rumor era de pedregulhos pisoteados. Um rugido baixo e distante intercalado pela respiração do bicho invisível.

A criança no terraço sente o que está vindo por cima das árvores e das águas: vem, vem, vem, vem, ela pensa, o monstro vem e se chama tempestade, e assusta e encanta ao mesmo tempo, dando uma incrível sensação de estar abrigada naquela casa.

Um fio apenas separa o agora da catástrofe: lâmina de silêncio tão precisa que entra no corpo e fura a alma de uma menina paralisada de beleza e medo. Ela fecha os olhos e inspira aquele odor selvagem, maresia ou terra molhada. Intervalos de silêncio de se ouvirem as agulhas dos bordados das mulheres dentro de casa.

Então tudo desaba.

O céu se fende, o mar se alteia, o vento faz ondular as copas das árvores ou as cristas das ondas.

as coisas humanas | 97

Tudo treme sob uma trovoada mais forte, a bola de madeira que São Pedro lança para derrubar estrelas de vidro. Aqui e ali alguém arrasta no céu cadeiras eternas; os passos do Velho golpeiam as nuvens. A bola de trovões com dois orifícios para seus dedos nodosos bamboleia pela pista: estouro, lampejos, um crescendo de roncos e tremores. São Pedro contrariado resmunga e pigarreia, clarões da sua ira varam o céu.

Por fim, tudo se fragmenta em mil cristais, desce retinindo sobre o jardim, gotas isoladas nas folhas e nas lajes: a chuva vem lavar a terra inteira.

* * *

A infância era o paraíso da curiosidade:

— Mãe, como é que, se uma pessoa abre a boca e fala, a outra sabe o que isso quer dizer, mesa, cadeira, nuvem?

— Sei lá, é assim e pronto.

— Mas e se de repente a gente entendesse tudo trocado, entendesse cachorro quando alguém quer dizer pessoa, agulha quando o outro quer dizer sofá, e sentasse na agulha?

A menina acha uma graça infinita dessa ideia.

A mãe olha espantada, que criança é aquela sua, com aquelas ideias?

— Mas mãe, como é que você não sabe explicar?

— Ah, isso eu não entendo, fala com seu pai.

Na porta a menina que fui ainda se vira:

— Mãe...

— Para de perguntar, você me deixa louca. Vai ver seu pai, vai.

O pai já tinha atendido seu último cliente, o escritório era só dele, dos livros, das poltronas de couro. Bater na porta e entrar, o reino do aconchego e do conhecimento, um dia, pensava ainda, leria todos os livros e saberia todas as respostas.

— Pai, o que é isso que dentro da minha cabeça não para nunca?

— Chama-se pensamento, é como uma maquininha atrás da testa fabricando as palavras: nuvem, cadeira, mãe.

O pai fala sorrindo com seus olhos verdes por trás dos óculos. Eu nunca esqueceria aquele momento, e aquela resposta. Algo estava diferente: as pessoas à minha volta tinham rodando atrás de suas testas as mesmas engrenagens de palavras-pensamentos que eu. E, como eu, guardavam em si ideias jamais pronunciadas.

Por um tempo imaginei que eram as palavras que produziam as coisas. Palavras tomavam a palavra e tinham voz, falavam acenando com franjas de segredos para quem soubesse escutar.

Tudo existiria primeiro dentro de cada um, antes de se montar externamente com objetos, paisagens, cores e cheiros. Árvore existe porque alguém disse "árvore"?

Foi uma das primeiras noções que tive do secreto e do sagrado de tudo que parecia tão simples ali próximo de mim. E do espaço, dos silêncios, para contemplar ou sofrer.

Na biblioteca, que também era seu escritório, no aparador da lareira, estava o relógio que meu pai tinha comprado

as coisas humanas | 99

quando estudante e ao qual continuava dando corda noite após noite, antes de dormir.

* * *

Brincar na calçada num fim de tarde de verão, vestido leve, às vezes pés descalços. Jogar bola, correr, brincar de roda. Por alguns momentos libertada dos cuidados intensos de meus pais, marcados pela perda de uma criancinha nascida e morta antes de mim.

O ritmo, o riso, os giros e as vozes. Dar as mãos para as meninas que me aceitavam na roda. Fazer parte, pertencer, ser igual. Mas, sobretudo, eu amava aquelas palavras mágicas. Ciranda cirandinha: o que era ciranda? Teresinha de Jesus deu um passo foi ao chão... mas só ao terceiro deu a mão. O cavaleiro que acudia seria o príncipe num cavalo dourado?

— Por que ela deu a mão ao terceiro?

— Não sei, não importa, vamos, vamos continuar a roda!

Mas o que teria de especial aquele terceiro, a quem Teresa deu a mão?

Mais roda, alegria de participar, de rir com as outras, de juntar minha voz às delas numa intimidade e confiança. Se essa rua se essa rua fosse minha, eu ladrilhava de diamantes...

Ela esquecia a brincadeira, nem notava mais as mãos suadas puxando as suas, vamos, vamos! De repente saía da

100 | *lya luft*

roda, ficava parada na calçada, sem perceber que estava perturbando a ciranda. Então via-se andando numa rua toda calçada de pedras preciosas. Será que elas iam machucar seus pés descalços?

— Anda, para de sonhar, você está atrapalhando!

Ciranda cirandar... de novo ela saía dançando para fora da realidade.

Nas coisas e horas mais banais, de repente eu tocava alguma coisa estranha. Comendo com a família, andando de balanço, catando besouros ou pedrinhas no jardim — súbito via tudo de dentro de uma bolha, transfigurado.

Eu era uma criança contemplando uma mancha na parede, um inseto no capim, a complicação de uma rosa — e não estava apenas olhando: eu *estava sendo* tudo aquilo. Eu era o besouro, a figura na parede, eu era a flor, era o vento.

Uma criança é a sua dimensão, na qual o tempo, os contornos, texturas, aromas e sons são realidade e magia sem distinção.

Isso alguma vez tentei explicar com minhas palavras ainda precárias. Mas ninguém parecia entender — ou não estavam muito interessados. Então armava tudo aquilo em histórias que recitava para mim mesma como rezas de bruxas. Mais tarde compreendi que não era porque os outros estivessem desinteressados ou eu não soubesse explicar direito. Era porque pensado e real não se distinguem nem cabem em palavras: rebrilham nas entrelinhas e florescem no que nunca foi dito.

E assim me pus a escrever. Também sobre coisas duras, e tristes, e feias, e angustiantes. Mas, para conseguir passar

as coisas humanas | 101

por esse pântano permanente sem me afogar, as memórias do tempo da inocência são como pedras em que pisamos para atravessar um rio, ainda que turvo e perigoso

(E chamam-se alpondras.)

27 | *Humanos e animais*

Outro dia falavam sobre humanização de pets.

O assunto me interessou... despertou minha curiosidade, pois sempre houve pets em minha casa (desde quando esse termo nem existia), embora, admito, ultimamente andem mais humanos.

Já tenho cachorrinhos (sou cachorreira) dentro de casa, coisa antigamente impensável. Meu marido, inclusive, na sua primeira casa só tinha cachorro no pátio. Comigo acostumou-se a esses pets meio humanos, e devo dizer que gosta deles, que, por sua vez, o veneram.

Por muitos anos tive aqui na cobertura duas pets, a pug Meg, a Gorda sobre a qual escrevi recentemente, e que, muito doentinha, aos nove anos morreu. E Melanie, a spitz tamanho pequeno, loura e linda, que dorme, confesso, em nosso quarto. Imagino, rindo sozinha, minha mãe botando as mãos na cabeça: "Que falta de higiene! Bichos são sujos..."

Perfumada e mimosa, Melanie não é mais bem um bicho, mas quase uma pessoazinha, embora eu não lhe

as coisas humanas | 103

ponha vestidinhos, porque me desagrada ver cachorros de roupa.

Só falta que, a qualquer hora, me encarando com esse seu focinhinho quando quer me dizer que falta água, falta comida, falta a Gorda, ou apenas quer colo, comece realmente a falar. E tanto converso com ela, que às vezes receio que abra a boca e responda com sua voz de spitz algo como "Sim, mamãe", quando certamente cairei desmaiada dando bastante trabalho a quem me socorrer.

Agora, para os próximos dias, espero um novo bebezinho, e disse isso a uma amiga ainda ontem, sob o espantado olhar do seu porteiro: "Semana que vem chega meu bebezinho." Já tem nome, Penélope, uma spitz micro, cuja foto não paro de olhar e me enternece de maneira patética. Penélope será, quando adulta, quase metade da já pequena Melanie, e me divirto por antecipação com as diabruras, os mimos, os carinhos, a maternidade minha, os possíveis ciúmes iniciais da irmã.

Dessas duas, comento sempre: são raposinhas que fingem ser cachorrinhos, e pensam que são gente.

Penélope chegou, invadiu a casa com sua alegria, suas manhas, sua ternura sempre querendo colo, aninhada feito bebê com o focinho diminuto na curva do meu braço. Todos os meus hormônios maternais (eu brinco mas falo sério) cintilam com essa presença mínima e ativa. Por que não cultivamos mais amor, mais alegria, mais ternura de um jeito tão simples nas nossas vidas às vezes sem graça?

Dá trabalho? Sim, um pouco. Como um bebê.

Quem não quer ter incômodos não tenha pets. Quem não quer ter alegrias não tenha pets. Quem não quer ter incômodos nem alegrias não tenha filhos.

Um dia vou pensar e escrever sobre a animalização dos humanos.

(Não será preciso refletir muito.)

28 | *Intimidades*

Já escrevi que acreditei na Cegonha até uns oito anos de idade.

Eu sei, mas era outro século, outras gentes, outras ideias e outras vidas. Além disso, sempre fui considerada meio pateta e desligada para esses assuntos. Até que um dia, num grupinho de amigas de nove e dez anos, onde eu era a maior e mais novinha — e não me deixavam entrar em certos segredos —, alguém perguntou se era possível que eu ainda acreditasse na Cegonha.

Não sei o que respondi, mas fiquei muitíssimo humilhada, ainda sinto vermelhos rosto e orelhas, e claro que as outras começaram a rir. A mais velha, gravemente, disse: "Então eu vou te ensinar." A plateia fez um círculo, atentíssima. Gelei, entre curiosa e assustada, ali vinha algo muito inquietante, e eu por qualquer bobagem me inquietava.

A história, grotesca, para mim então assustadora, era mais ou menos isso: os nenês são miudinhos assim, do tamanho de um grão de feijão, e estão na barriga do pai. O pai passa eles pra barriga da mãe por uma borrachinha, e

106 | *lya luft*

depois de uns meses a gente nasce. Fui poupada do detalhe da dor de abrirem a barriga com uma faca, mas mesmo assim passei dias imaginando, entre comovida e aterrada, os bebezinhos minúsculos passando pela tal borrachinha, e em que circunstâncias isso se daria.

Não acho que as coisas hoje sejam piores do que nossa ignorância de então. Mas comentários sobre sexo "fluido", isto é, sem gênero específico, entre pré-adolescentes, além de beijo rolando à solta, e o comentário de um menino, "Ué, a senhora nunca ouviu falar em sexo casual?", me fizeram pensar. Foi um dia de grandes ensinamentos, que me levaram a rir de mim mesma: também, o que poderia esperar de quem acreditou na Cegonha até os oito?

Acho bom sermos naturais e sinceros. Detesto hipocrisia e falso moralismo. (Também tenho graves implicâncias com o politicamente correto, que pode ser nascedouro de muito preconceito.) É bom sermos instruídos e não abobados. Mas me preocupa um pouco esse sexo fluido ou casual entre jovenzinhos. Sei que não são todos, talvez nem a maioria, quem sabe ainda se preserva muito de mágico, romântico, como sexo com alguém muito especial — coisa que não acho ridícula nem ultrapassada, mas humana, madura e bela.

Lógico que sou antiquada em algumas coisas. Minha adolescência foi há décadas. Mas não fiquei com a alma enrijecida. Amo e prego a liberdade. Porém, que seja com cuidado. Com gentileza, com alguma sabedoria, pois mesmo — ou especialmente — quando adolescentes não somos obtusos. E no fundo há de persistir um instinto de preservação, de autoproteção.

as coisas humanas | 107

Ou isso é fantasia minha?

As delícias e sustos do namoro, do amor, da paixão, do sexo com paixão, ternura e alegria, a graça de ver alguma graça em tudo o que implica relações humanas amorosas, mesmo em idade precoce comparando a anos atrás, tudo isso não deveria se perder. Há muita bazófia entre jovenzinhos, "eu já transei, eu já beijei, já fiquei. Beijei quinze meninas ontem à noite; fiquei com seis rapazes ontem à tarde". O que significa isso? Que sentimos carinho, encantamento, ou mesmo êxtase, com uma porção de parceiros e parceirinhas? Ou é uma moda, uma espécie de obrigação, que mais se finge e se fala do que de verdade se pratica?

Não sei. Pouco sabemos uns dos outros. E, na vertigem dos tempos atuais, a fenda entre gerações pode se acentuar. É apenas natural. É também assustador.

Eu queria que algo se preservasse, de íntimo, na intimidade dos amantes.

Na verdade, acredito piamente nisso.

29 | *O que nos devora ou nos expande*

No mês de setembro ocorre a maioria dos aniversários de minha família: eu mesma, netas, filho, irmão, além dos que já se foram, como mãe e avó materna, sem contar os amigos.

Suponho que tenhamos sido inventados nos cálidos meses de verão. Tenho, em relação ao correr do tempo, não amargura ou medo real, mas curiosidade — desde quando, menina mimada, bati o pé porque queria alguma coisa "agora". Algum adulto presente achou graça e resolveu liquidar a minha manha: "Deixa de ser boba, o 'agora' nem existe."

Iniciou-se um diálogo surreal: a menina curiosa e teimosa insistia em saber que história era aquela. Explicaram que o tempo passa constantemente, de modo que, quando pronunciamos a última letra da palavra "agora", esse *agora* já é passado. Obstinada, várias vezes tentei pensar a palavra "agora" empilhando as letras numa coisa só — mas desisti.

as coisas humanas | 109

Então a cada momento tudo passava, mudava, e já era outro? Eu já era outra? Comecei a me angustiar, eu me angustiava com coisas que pouco tinham a ver com crianças, que, segundo adultos de então, deviam brincar, comer, dormir e se portar bem. Ainda por cima, alguém com humor macabro me alertou: "O tempo só para de passar quando a gente morre." (Assunto para outra crônica.)

Sempre tive vontade de ser adulta: achava vida e assuntos dos "grandes" muito mais interessantes do que os infantis. Detestava ser comandada, numa época de educação bastante severa: por que ir para a cama às sete e meia? Por que só comer comidinha inocente como purê de batata e carne de frango? Por que não falar muito à mesa? Por que ter de aprender prendas domésticas como toda boa menina? Eu não queria ser uma boa menina: queria ser a Emília do Monteiro Lobato.

Aí fui vendo que a passagem do tempo não apenas significava transformação e novidades (parte boa para quem facilmente se entediava), mas também perdas, e para muitos o terror da perda da juventude. Tornou-se uma epidemia, a busca desesperada por deter a qualquer custo os sinais do tempo: parecer trinta aos sessenta, ter lábios sensuais aos setenta — vale a pena?

A velhice (desde que não com o detestável nome de *melhoridade*) é uma fase natural da vida — um dom a ser curtido. Dor e doença não escolhem idade. Nem sempre a juventude é linda. No avançar do tempo, importa preservar certa elegância (quando dá...) e cultivar o bom humor (quando possível...). Tônia Carrero, ao fazer oitenta, respondeu a uma jovem jornalista que lhe perguntava como encarava a velhice: "Velhice? Eu acho ótimo! Porque a alternativa é morrer jovem." E minha amada comadre Mafalda Verissimo, que sempre me faz falta, contou, fingindo-se indignada, que alguém ao telefone, sabendo que era ela, exclamou: "Dona Mafalda! A senhora, ainda tão lúcida!"

Que se arrume o que nos incomoda, mas dentro de alguma normalidade. Nos permitam o privilégio de envelhecer em paz, que a gente vai tentar não ficar ainda por cima rabugento.

E quem sabe o rio do tempo desemboca em algum mistério mais interessante do que nossas aflições e nossos trabalhos de agora?

as coisas humanas | 111

30 | Os *pacíficos e os ferozes*

Tenho comentado como andamos assustados, furiosos e ferozes, ou acuados espiando pelo buraco da fechadura, o que há lá fora?

Quem quer nos fazer mal — isto é, a quem devemos temer, ou atacar? Ou só estamos deprimidos, mal-humorados, chatíssimos? O universo virou uma arena sem sentido, mas cruel, preto ou branco, direita ou esquerda, autoritário ou omisso, no Olimpo ou relegado às trevas exteriores. Precisamos de ideias, defender ideias, ah, as ideias.

Poucas vezes nesta vida já longa recordo tamanha hostilidade, tanto gasto de energia, tempo e palavras em insultos, mágoas e ironias, exposição de falsa cultura ou ignorância expressa, dedo apontado para acusar. Um punhalzinho nas costas também vai? Imagino que seja em boa parte porque somos bastante desinformados mas pretensiosos: gostamos de falar, falar, falar, sobre coisas que não entendemos direito, nem digerimos bem.

A desinformação é mãe de muita coisa negativa neste mundo, dizia meu velho e sábio pai.

Aquele político é um herói? Um mártir? Um bandido? Aquele artista é uma fraude ou um gênio? Aquele amigo nos trai ou é boa gente? Aquele assassino é doente mental, fruto de desamor, ou simplesmente uma alma perversa?

Em lugar de debates racionais ou troca de ideias, parecemos moleques jogando pedrinhas uns nos outros, ou meninas botando a língua na esquina de casa. Brigamos feio, ofendemos duramente, nem pensamos direito em tudo isso. E, pela internet, melhor ainda: estamos protegidos de um soco, tiro ou facada: insultos bastam.

Talvez seja hora de curtir mais calma, mais lucidez, mais informação, menos precipitação, sobretudo se for em nome de cultura e arte: as duas já têm sido muito castigadas, eventualmente na maior boa vontade, pensando salvar a honra do que não precisa ser salvo porque se impõe por si, por sua qualidade quando a tem. Política então, quanta inteligência jogada fora.

Tanta coisa útil a fazer, tanto estudante a estimular, tanto filho a abraçar, tanta família a reunir, tanta saúde a cuidar, tantos amigos a reunir, tanta humildade a aprender, tanto universo a admirar, tanta injustiça a corrigir, tanta maldade a evitar... mas nos perdemos em duelos que extrapolam o verdadeiro tema, fustigamos a torto e a direito, muitas vezes sem sequer saber mais por que estamos lutando.

A vida anda complicada.

O país está difícil.

O mundo por vezes parece alucinado.

as coisas humanas | 113

Ansiedade e desesperança nos oprimem. Pagar as contas, temer o desemprego e a violência, ter nossos jovens sob ameaça de bebida, droga, acidente e assalto, será que fomos bons pais, será que instruímos o suficiente, será que se sentem amados, será que... e por aí vai. Pessoalmente sou boa com palavras, é o mínimo, mas não tenho prazer em debater quando não acredito numa causa.

Facilmente me canso, a paciência não é uma virtude minha.

Então, parar para pensar, coisa tão temida, pode ser útil. Ouvir o bom senso é aconselhável. Cultivar algum bom humor, apesar de tudo ser um pouquinho generoso, informado e flexível, pode reduzir essas guerrilhas que pouco ajudam, muito perturbam, instigam o preconceito, inventam monstros, e nos fazem, em vez de criaturas construtivas e pacíficas, uma matilha feroz.

Há coisas bem mais graves e trágicas no planeta, enquanto giramos em torno do miúdo redemoinho das nossas intrigas e agressividades.

Não há tempo a desperdiçar.

(Sim, eu sei: falar é fácil.)

31 | A *luz da vida*

Impressionante como somos vulneráveis às más notícias, aos horrores que se derramam em nossa casa, em nossa vida, em nossa alma, o tempo inteiro. Pois em geral (há exceções), mal entramos em casa, ligamos a televisão. No computador, buscamos as notícias. Somos invadidos no celular.

Quase esquecemos as coisas boas, belas e felizes, que também existem.

No meu tempo de Escola Normal, as freirinhas do colégio diziam que "o bem murmura, o mal grita". Ou que "na outra vida veremos o verdadeiro risco do bordado, aqui só vemos o lado avesso, cheio de fios cruzados e nós e imperfeições".

Certamente alguma coisa dessas cândidas lições ficou e floresceu em mim, pois apesar de tudo, do mundo lá fora e das rasteiras da vida, da sorte, da morte, acho que sou uma otimista. Acredito que a vida vale a pena. Acredito que o amor ilumina. Acredito que boas amizades

as coisas humanas | 115

são ótimas porque amizade não conhece ciúme, competição, cobrança, nem precisa de assiduidade para durar.

Enfim, acredito no bom e no bem, mesmo que eu também saiba, veja, sinta, observe que somos animais. Animais não muito bons: não passarinhos, borboletas, golfinhos, cachorrinhos amorosos ou gatos indolentes, mas bichos predadores.

Assim nem preciso escrever sobre a animalização dos humanos. Está aí, exposta e escrachada, na violência, na maldade, na futilidade criminosa, na insanidade geral e na irresponsabilidade mortal. Também nas pequenas picuinhas e maldades cotidianas, com que às vezes, tantas vezes, tratamos os outros. Na irresponsabilidade com que muitos governantes manejam seu país e sua gente. Na indigência mental e moral de tantos líderes, até em setores antes sagrados. Tudo isso que nos deixa perplexos, embasbacados, impotentes, inseguros e desamparados.

De modo que, sim, nos falta encontrar, cultivar, manter e curtir aquelas coisas, às vezes simplíssimas, que são a luz da vida. Um olhar de afeto, um sorriso alegre, um gesto de entendimento, um WhatsApp dando coragem, ou uma visita que nos anime, seja o que for, nos ilumina se nos abrirmos para isso tudo, que parece pouco mas é tudo. Borboletas azuis no jardim do nosso condomínio.

O Bosque na serra, o tucano pousado bem baixinho, os bugios com filhote nas costas saltando nas árvores, as paineiras diante da janela aqui em Porto Alegre, e, nestes dias, a minúscula cachorrinha, nossa nova bebê,

Penélope: tecedeira paciente ela não parece ser... mas terníssima e fiel, além disso sou fã da Penélope Garcia do *Criminal Minds*.

Fim para as ilusões, que venha a real luz da vida, rara e essencial.

Queimando como um fogo maligno, ou aquecendo como uma lareira no inverno?

32 | *Do tempo*

Faz alguns anos tive, num sonho, um vislumbre de uma escultura interminável de corpos humanos entrelaçados emergindo muito abaixo de mim e perdendo-se no infinito acima de minha cabeça.

Talvez seja um dos significados da existência nossa: encadeamento e continuação. Como um novelo desenrolando-se incessantemente, todos nascendo uns dos outros, uns por cima dos outros, cada um estendendo as mãos para o alto um milímetro mais e mais e mais: somos novelo e fio ao mesmo tempo.

Meu gesto repete o de uma de minhas antepassadas; meu riso será o de algum descendente meu, que jamais conhecerei, o fio primeiro de minhas ideias nasce de outro pensamento milênios atrás, e continuará se desenrolando depois que eu tiver deixado de existir há séculos. Em meus filhos e netos, vejo com surpresa a repetição de um jeito de falar, de pensar, de virar o rosto, a figura toda, a mão, de quem me antecedeu. É a noção de um tempo que não flui como o imaginamos, esse tempo medido e calculado.

118 | *lya luft*

Ele é pulsação, surpresa.

Às vezes suspiramos pelo conforto que, vista de longe, parecia ser a vida quando tudo era mais limitado e certo: menos opções, menos possibilidade de erro. Temos de aprender a conviver com essas novas engrenagens de tanta surpresa e perplexidade, mas tanta maravilha. Temos de estar mais alertas do que décadas atrás, quando a vida era — ou hoje nos parece — tão mais simples: precisamos estar mais preparados, para que ela não nos dilacere.

Temos de ser múltiplos, e incansáveis.

Que cansaço.

Pois a vida não anda para trás: o preço da liberdade são as escolhas com seu cortejo de esperança, entusiasmo, hesitação e angústia — para que se criem novos contextos e se realizem novas adaptações, que podem não ser estáveis.

As inovações, a corrida do tempo e as possibilidades aparentemente infinitas já nos puxam pela manga e nos convidam para outra ciranda de mil receitas: vamos ser inventivos, vamos ser produtivos e competentes, felizes a qualquer preço na companhia de todos os deuses e demônios nessa sarabanda.

Fora dela, nos dizem, restam o tédio, a paralisia ou o desespero. Será mesmo assim?

Ou ainda existem, e podemos descobrir, lugares ou momentos de tranquilidade onde se realiza a verdadeira criatividade, onde podemos expandir a mente, onde

as coisas humanas | 119

podemos amar as pessoas, onde podemos contemplar a natureza, a arte, e os rostos amados, e construir alguma paz interior? Creio que sim.

Para que as emoções e inquietações positivas da alma não entrem em coma antes que termine de definhar o corpo.

33 | A *jornada*

Os deuses estavam de bom humor: abriram as mãos e deixaram cair no mundo os oceanos e as sereias, os campos onde corre o vento, as árvores com mil vozes, as manadas, as revoadas — e, para atrapalhar, as pessoas.

Aí tentamos entender o que é tudo isso que assusta, assombra, encanta, apaixona, e finalmente mata. Vamos à escola, lemos livros, amamos pessoas, nos entusiasmamos, nos instruímos, nos doamos, nos esfolamos vivos e ainda não compreendemos tanto enigma, tanto milagre, ou tantas coisas banais que mesmo assim nos arrebatam e nos fazem querer avançar mais, e mais, e mais.

O coração bate com força querendo bombear sangue para as almas anêmicas e fatigadas. Queremos amor, presença, acolhimento, camaradagem, a mão que segura a nossa e nos puxa ou nos dá certeza: vamos!

Mas onde está todo mundo? Correndo atrás da bolsa de grife, do iPod, do iPad, do melhor vinho, da mulher mais gostosa, do homem mais forte ou mais rico, da fama, da chama para que o entusiasmo não se perca e a máscara não caia.

as coisas humanas | *121*

Ou já nem corremos atrás de coisa nenhuma: fugimos do excesso de pedidos, de regras, de receitas: não querer nada, nem sonhar, nem precisar ser nada além desse cansaço e desejo de dormir.

Tudo menos parar lúcido e acordado, contemplar: cadê as estrelas que me ensinavam a dar nomes, mas não aponte com o dedinho que vai criar verruga? Cadê as nuvens gorduchas e redondas em cima das quais, nos contavam, os anjinhos pulam, rolam, brincam, e quando o entardecer é vermelho estão assando nos grandes fornos do céu os doces do próximo Natal?

Queríamos tanto ser bons, ser fortes, ser grandes, e belos, e amados, ah como quisemos ser amados. Ou queríamos mais ainda amar? Alguém único, perfeito, e ter filhos perfeitos, e a casa perfeita, e a profissão perfeita, e ainda por cima a inveja dos outros nos espreitando de lado, de soslaio, torcendo para tudo acabar?

Quanto esforço. Quanta persistência, desistência, inconsciência, desperdício... quanto desejo abafado e quanta culpa nutrida no escuro do quarto.

Quanto trabalho. Quanto engano. Desta vez vai dar certo, está tudo melhorando, ainda vou conseguir, afinal a gente se ama, afinal ele é meu filho, ele é meu pai, é meu parceiro, meu amante, foi sempre tão meu amigo, ainda sou capaz de realizar esse trabalho, ainda tenho força para essa viagem.

Até vou fazer meditação.

E ainda tenho saúde, apesar de tudo.

Mas, no canto da sala, do quarto, do pátio, a sorte revira os olhos.

Fim.

34 | *Flor, adubo, abismo*

Se a gente cultiva o bom, o belo, o amoroso — dentro do possível porque não somos santos —, do resto, a dor, a decepção, a trabalheira toda, a vida e o mundo se encarregam.

Acredito nisso, e me esforço. Lembro de minha mãe, quando aborrecida com alguma coisa — era raro —, descendo até o jardim e mexendo nas suas rosas. Levantava o rosto no sol quando eu chegava perto, e com um grande sorriso me mostrava alguma novidade mais-do--que-perfumada.

Mas, vamos admitir, difícil não dar bola para o noticiário cada dia mais espantoso, confuso, sorrateiro e ladino. Não que a mídia seja isso, ao contrário; percebo jornalistas quase engasgados, ou suspirando ao dar uma lista de loucuras que nos ameaçam, talvez mais do que nós mesmos supomos.

Mas alienação demais me causaria culpa, este é um momento esquisito mesmo: até a natureza range os

as coisas humanas | 123

dentes, calor sufocante, inesperadamente nuvens cor de chumbo fazendo carrancas no céu, trovoada, chuvarada, ventania, e... dourado e azul de novo rindo de nós. Talvez a mãe natureza também esteja rangendo os dentes. Talvez isso venha ocorrendo a cada tantos milhares ou milhões de anos, pois sabemos que as eras glaciais e infernais se alternaram no planeta desde que planeta ele é.

Não me crucifiquem os ambientalistas: sim, eu acredito que nós, predadores e alienados, atualmente estejamos influindo nisso.

Seja como for, não quero desfiar a ladainha de horrores que nos afrontaram, já fiz isso no *Paisagem brasileira*, há pouco tempo, e não discuto o tema aqui porque aqui trato das coisas humanas. O problema é que crise, empobrecimento, insegurança, cabeças decapitadas, conhecidos assaltados ou mortos logo ali, por exemplo, são coisas muito, muito humanas. Desemprego? Humano demais. Pior é que a tudo isso se acrescenta uma paulatina, cada vez mais evidente, apatia.

Meninas com peitinhos de fora fazem protestos em ruas chiques à noite, a favor dos ciclistas, contra a brutalidade do trânsito, ou seja o que for, e me comove um pouco. Pois, sim, ciclistas ou pedestres ou mesmo motoristas, todos expostos à insanidade de alguns que não poderiam ter permissão de dirigir. Grupos de universitários nus desfilam num campus, protestando sobre coisas possivelmente justas, como o abandono das instalações e dos próprios mestres. Ou pedem mais e melhor justiça.

124 | *lya luft*

Será que precisamos ficar nus para que nos deem atenção em protestos mais do que justificados? Talvez. Que triste.

Pouca justiça, diante do caos e infelicidade gerados. Acusados, investigados, delatados, denunciados, presos ou que deviam estar presos, se apresentam, esbravejam, repetem incansavelmente que não sabem de nada, são inocentes, é tudo maldade alheia, ou acusam a mídia.

Morreram centenas no rompimento de uma barragem, há provas de que os donos, diretores e outros tinham informação de fraturas, vazamentos, mas a coisa se arrasta e pouco acredito em verdadeira punição. Aliás, que punição poderia recompensar uma só morte que fosse?

Meninos morreram assados vivos por negligência num local de treinamento esportivo, onde viviam e dormiam. E daí, se alguém for mesmo condenado, preso, e, espero, eternamente perseguido pela sua culpa? Nada devolverá às famílias aqueles rapazes de ainda tenra idade que os pais tinham confiado ao lugar.

Mas eu, e muitos, teimamos em acreditar também no belo, o bom, o amoroso que existem na natureza, na arte e nas pessoas, tentando resistir à descrença e ao cinismo que rondam meus calcanhares, bafejam irônicos e sarcásticos, rosnando que eu deixe de ser boba, deixe de postar flores e borboletas e de escrever frases clara ou vagamente otimistas.

Resisto mais ou menos, entre ânimo e desolação, porque num canteiro prefiro as flores ao adubo — que sem ele não existiriam.

as coisas humanas | 125

Mas a verdade é que, mesmo se alguma vez achamos que as coisas estão certas, tudo está meio esquisito.

E, quando sentimos que está tudo errado, alguma coisa nos mostra que... não estávamos inteiramente certos.

35 | *O espelho por cima da mesa*

Desde quando me lembro, família tinha para mim uma importância extraordinária.

Meu pai a considerava muito. Era a árvore, com raiz e galharia, com sombra, com tempestade, ramos caindo, raios atingindo, mas estava ali, a velha árvore. Eu, menina intrometida, de orelhas em pé ouvindo conversas adultas, pois durante alguns anos fui a única criança na casa, absorvia aquelas tramas, dramas, comédias, e coisas ternas e alegres que passavam como fios de teia de aranha entre tantas pessoas. Eu adorava os almoços: avôs, avós, tios, tias, primos, primas.

Aquilo me dava uma extraordinária sensação de proteção e pertença.

E tudo se refletia num grande espelho diante da mesa de jantar. Também me fascinavam — não foi por nada que décadas depois comecei a escrever sobre laços familiares, embora nada a ver com aquela minha família — as conversas e posturas, que em qualquer grupo podem passar da inocência à bizarrice. Sentada à mesa, tendo de me esticar para manejar os talheres embora posta sobre almofadas

as coisas humanas | 127

com as perninhas balançando no ar, mais do que comer ou beber meu suco, eu espiava as pessoas.

Tomava um distanciamento involuntário, que me divertia e assustava: as pessoas pareciam salsichas enormes, com tufos de cabelo em cima, buraquinhos com olhos dentro, que giravam, outro buraquinho que abria e fechava para receber comida ou soltar palavras.

Ali aprendi que palavras podem ser plumas ou punhais — e que significam muito mais do que aquilo que expressam. Que uma inflexão muda o sentido, de amoroso para crítico; e que as mãos complementam tudo, com arabescos bailarinos por cima dos pratos.

Talvez tenha nascido assim meu encanto pelas palavras, pelo que dizem nos sons ou letras, e mais ainda nos espaços brancos ou silêncios. Ou isso simplesmente veio comigo como a cor dos olhos e dos cabelos, um sinal qualquer. Para mim foram sempre motivo de felicidade, palavras como balas de tantos sabores e cores, ou pedrinhas coloridas que eu revirava na boca como se fossem pitangas ou uvas.

Sou uma mulher das palavras, e *família* tem entre elas um lugar especial: mais do que dissidências, importam as semelhanças; mais do que contradições, reinam os encontros; mais do que as ausências, predominam os gestos, as vozes, ou os sinais num WhatsApp. Uma dor por mal-entendidos pode ser curada com a palavra certa; uma ilusão alegrinha pode virar ferida, mas a gente nunca tem certeza. E às vezes o mal está feito sem que a gente sequer imagine. Assim, entre amigos também, embora ali, eu acho, seja tudo mais descomplicado.

128 | *lya luft*

Esse berço, esse colo ou esse peso chamado família pode magoar, irritar e salvar, se tivermos a sorte de nascer num grupo amoroso. Nas horas mais escuras essa rede pode nos impedir de cairmos no alçapão embaixo do poço.

Nada como jogar conversa fora com quem se recorda, e nada como semear recordações futuras para os que, tão jovens, ainda nem têm passado.

Nada como lembrar brincadeiras infantis entre irmãos, carinho de pais abrindo a porta com braçadas de orquídeas, dessas pequenas meio silvestres que floresciam presas aos troncos das árvores no jardim. (Mas havia minhas pequenas malcriações, teimosias, correr pelo jardim fugindo da mãe, do banho, da cama... e castigos, nada grave, mas eu me achando mortalmente injustiçada.)

Não sei onde foi parar aquele grande espelho, com um raro tom rosa-antigo.

Quem sabe ainda estamos lá: imortalizados os momentos felizes, os risos, brindes, lágrimas, esperas, encontros, perdas.

E todos nós, como éramos um dia.

as coisas humanas | 129

36 | *Erros de pessoa*

Todos erramos, mais do que se quer admitir.

Mil vezes na vida erramos, muitas sem sequer nos darmos conta. Falando alto demais, interpretando mal alguém, sendo muito crítica, impaciente, interrompendo alguma fala emocionada, ignorando uma data especial, retrucando com ira em lugar de fraternalmente, e tantas outras coisas. Querendo impor nossas ideias a quem também tem direito às suas.

Mas há um erro que entristece sobremaneira, o erro de pessoa. Quem parecia amigo nutria ressentimentos e um malquerer que um dia irrompe. Diante de palavras duras, injustas e madrastas, corremos pro chuveiro, para simbolicamente tirar esses miasmas do corpo — mas na verdade é do coração que os queremos alijar. Porque palavras assim, pessoas assim, nos fazem mal. Muito mal.

E não precisamos de mais mal do que esse que já arreganha os dentes nos noticiosos aqui e pelo mundo.

Muitas amizades, muitos afetos, até familiares, se mancharam, enferrujaram e desfizeram no vento pernicioso

130 | *lya luft*

das diferenças políticas, ideológicas, nestes tempos (futebolísticas já acontecem há muito tempo). Não entendo como se pode misturar afeto, convivência de anos e anos, com diferenças de ideologia. Quem somos nós para querer impor aos outros nossas ideias? Que feia arrogância, que desagradável senso de superioridade, que frustrações nos levam a agir assim?

E que medo nos impede de procurar ajuda, terapia, se percebermos que estamos demais irritados, agressivos, injustos?

Tenho amizades de alguns anos, outras de várias décadas, e as cultivo caprichosamente porque são importantes para mim. Mas agora estão se desfazendo amizades por diferenças de ideologia, conceitos já bastante diluídos que começam a se impor de novo. Depois do primeiro choque, ficamos pensando, então ele, ela, era assim, é assim?, e eu nunca percebi?

Em vez de um amigo eu tinha ali um crítico, silencioso mas feroz?

Pois a vida também se faz de coisas assim. O fora do namoradinho da adolescência doeu, mas outros amores, melhores e mais belos, viriam. O fim áspero de uma velha amizade ou relação familiar não se cura facilmente, nem com aquela necessária raiva inicial que muitos aconselham quando uma relação termina: "Pense nessa pessoa com alguma raiva, ao menos no começo, ou essa separação não funciona." Não sei se o conselho é eficaz, pode parecer cínico, sarcástico, pessimista — ou simplesmente prático e até bem-humorado... para quem está olhando de fora.

as coisas humanas | 131

Além disso, já temos receitas demais para amar, separar, transar, ser uma celebridade. E, se eu cometo erros de pessoa, como não cometer erros por exemplo na hora de fazer tantas escolhas decisivas na minha vida? Haja amor, e humor.

Bom humor, que segundo meu amado compadre Erico Verissimo, muitas vezes nos salva: ele também tem andado escasso nestes tempos em que o bolso esvazia de recursos, e a cabeça se enche de preocupação. Muita gente raivosa, grosseira, hostil mesmo sem motivo, dando trombada de carro, passando à frente dos outros onde não seria possível, pessoas se empurrando na calçada, dando cotovelada na fila, olhando de cara ameaçadora por qualquer bobagem ou por coisa nenhuma, atendendo o telefone quase num latido.

Bom repensar um pouco as nossas atitudes, para não sermos um erro de pessoa para alguém de quem a gente até gostava.

37 | As *águas*

"O tempo é um rio que corre", escrevi.

Corre pra onde?, querem saber.

Pois as pessoas sempre querem saber tudo, entender tudo, com preguiça de usar a sua própria maravilhosa imaginação. Isso vai depender das razões de cada um: corremos, com o tempo, para outra vida, para novos horizontes, em círculo nos lugares e pessoas que amamos, finalmente para o nada ou para "um lugar melhor", como se diz.

Mas, que esse rio corre, não tem dúvida: "De repente passaram-se vinte anos", disse Clarice Lispector.

"De repente eu tenho oitenta anos", comentou com ar de surpresa minha mãe, antes que a enfermidade lhe roubasse a consciência de si e de nós. De repente, quem sabe, então, vão-se resolver nossas aflições civis de hoje, e as econômicas, e ao sentimento de desamparo e confusão. E voltaremos a ser um país simpático, um pouco malandro quem sabe, mas não criminoso, não corrupto, não destruidor do cotidiano digno ou possível de seus filhos.

as coisas humanas | 133

"Vivemos tempos estranhos" é frase repetida em todos os níveis. Tempos confusos, surpreendentes, cada dia uma chateação maior, uma confusão mais elaborada, uma perplexidade mais pungente. (Ainda bem que nos salvamos com novidades boas: os bebês que nascem, as crianças que começam a trotar naquele encantador jeito só delas, os amigos que recuperam a saúde, a família que se encontra, os amados distantes que se comunicam mais, o *flamboyant* delirando em vermelhos surreais na rua.)

Nós, os incautos pagadores de contas, contadores de trocados, e trocadores de emprego (ou simplesmente sem ele), não sabemos bem o que fazer. "Tá tudo muito esquisito", comentamos uns com os outros, alguns querendo ir embora, outros querendo aguentar até que tudo melhore, porque é a terra da gente, e muitos são, como esta que escreve, reis em sua zona de conforto.

Todos imaginamos, procuramos, uma solução, que parece impossível ou distante.

Mas que está ruim está, todas as providências nos deixam duvidosos, e as festas andam sem o brilho de outros tempos, essa é a verdade. Onde as ruas iluminadas numa competição de beleza em tantos bairros da cidade? A gente pegava o carro para ver, de noite, toda aquela cintilação.

Hoje mal saímos na noite escura.

Mas não dá pra ver só o vazio no copo, na vida, no país, no horizonte. O jeito é multiplicar outro brilho, nos tempos tormentosos: o brilho dos afetos, o calor dos abraços, a sinceridade na tolerância e o respeito pelas manias,

lya luft

esquisitices, aflições alheias, porque é tempo de aflições. Dá algum trabalho manter a ciranda emocional lubrificada e funcionando com certa mansidão, mas também traz um enorme conforto, apesar da unhada eventual da mágoa, da saudade, ou da preocupação — que, diga-se de passagem, é a inefugível marca das mães.

Complicado: se de um lado corre, de outro lado o rio parece se arrastar. Depende do ângulo pelo qual olhamos, do quanto sobra no bolso antes do fim do mês, depende do emprego seguro, da capacidade de alegria, depende de pessoas decentes, depende de recursos, para que a grande engrenagem enferrujada volte a funcionar, e o tempo seja de menos angústias.

E a nossa vida também.

38 | *Palavras e palavrões*

Sou uma avó que às vezes fala palavrão.

O que chamo palavrões honestos, não obscenos nem nojentos (para mim, claro). Falava-se palavrão eventualmente na minha família, em alemão ou português. Tipo "m..." quando se dava uma topada numa pedra, ou quando se deixava cair um copo de vidro. Nada grave. Não éramos santos nem selvagens grosseiros: na linguagem éramos, somos, eu sou, naturais.

Da primeira vez em que li, e ouvi, a palavra "feminicídio", senti como se fosse um palavrão dos feios. Não gostei. Mas logo depois voltei atrás. Houve até quem dissesse, nesses mal-entendidos bizarros a que está exposto quem escreve e publica: que horror, que decepção, a senhora aprova o feminicídio? Tive de ler e reler para entender do que se tratava. Pois eu tinha falado, e esclarecido, que implicava com o termo e não defendia o fato... Precisava explicar?

Aqui devo recorrer a outra palavra que não aprecio, mas eventualmente uso (não é palavrão mas parece...), e tem utilidade como feminicídio tem. Chama-se "tresler". Ler errado, ler falhado, confundir as coisas.

Eu não sou a favor de feminicídios, nem de matar homens, velhos, crianças, animais. Até o filezinho na mesa começa a me dar uns grilos na consciência, mataram um pobre bicho... Ainda não sou vegetariana, mas aprecio quem é. E não tenho nada com o que os outros comem.

Tenho, sim, muito a ver com ser entendida dentro do possível. Senti um inicial desgosto com a palavra "feminicídio", que nasceu mostrando mais uma vez o quanto nós mulheres (pelas quais escrevo em parte, e falo e brigo há também muuuuuito tempo) ainda precisamos afirmar nosso valor e nossa existência. Não bastava incluir assassinatos de mulheres no termo "homicídio", porque a coisa está se especializando, e matam mulheres por qualquer coisa. Vestiu-se bem demais? Pau nela. Saiu com as amigas? Alguns bofetes. Anda risonha demais? Surra de cinto. E qualquer coisa mais esquisita, facada, tiro, paulada. Como bicho. Mulheres mortas como pobres bichos. Então, sim, viva a palavra feminicídio.

Talvez eu esteja meio entediada porque há notícias ruins demais, porque faz calor demais, porque vou terminar uma tela que precisa de mais luzes, e porque me dou licença para não parecer sempre simpática, inteligente e sábia.

Às vezes só quero, e preciso, disso que a idade vai me dando generosamente: afetos, bons livros, música fascinante, bons documentários, bons filmes, até mesmo (licença, por favor, de não ler só Goethe e Hegel ou ver só cinema cult) as séries policiais que me fascinam pela inteligência, sutileza, e dramas humanos nos interstícios.

as coisas humanas | 137

Mas a maldade, a crueza dos crimes, o abandono, a frieza, a loucura continuam, e florescem, e não posso ignorar. Não há escudo, parede, amor que me protejam disso inteiramente, e na verdade eu preciso saber.

Sou uma mulher do meu tempo, escrevi e repito: e dele dou testemunho, do jeito que posso.

Ainda preciso aprender, e aceitar, palavras que revestem fatos novos, ou velhos e só agora notados — porque as realidades às vezes são agressivas demais, e não há palavras nem palavrões suficientes para caracterizá-las.

Enquanto estamos vivos, é preciso estar abertos às novidades boas e ruins — ou seremos um objeto dispensável num daqueles mofados, e misteriosos, porões.

39 | *Névoas*

Uma dessas manhãs de que, talvez bizarramente, eu gosto: chegar na janela e não encontrar o mundo.

Em lugar do parque com seus mil tons de verde e manchas de árvores floridas, apenas esse tule estendido, vagamente ondulante, com poucas sombras de um cinza muito claro. Logo aqui, junto das janelas, o vulto escuro e recortado de duas árvores.

Roubaram o mundo também? Quase sarcástica, penso: "Que alívio." Nada mais de inocentes mulheres, homens, crianças, bebês, esmagados por pequenos edifícios ilegais construídos por criminosos: todos sabiam que eram ilegais e sem a menor garantia — e ninguém fez nada, e muitos compraram sua própria morte porque aflitos e desamparados buscadores de um lar, uma felicidade.

Nada mais de dezenas e centenas de vidas perdidas em rompimento de barragens negligenciadas ou deslizamentos de encostas onde ninguém poderia construir.

as coisas humanas | 139

Nada mais das loucuras ou cretinices de líderes por este planeta, nem uma venerada catedral quase milenar incendiada com a destruição de estruturas e imagens sem preço.

Nem rumores de que se pretende construir em pouco tempo isso que foi perdido e deixou o mundo tão menor e mais pobre... com a bizarra afirmação de que agora a catedral "ficará muito mais bonita".

Nada vai ser mais precioso do que as pedras, as traves de mil carvalhos de séculos atrás, e entalhes de artistas e artesãos medievais cujo suor e sangue e lágrimas, junto com a genialidade de arquitetos, planejaram aquela e outras maravilhas.

O perigo de termos uma Notre-Dame com traços modernos quase me roubou o sono das últimas noites, mas agora o lago de tule me conforta um pouco: *oblivion*.

Por outro lado, sei que as coisas lindas continuam, as amizades raras e firmes, os amores ternos nas famílias apesar das brigas naturais; a delícia do bebê que tenta abrir a pálpebra da mãe que finge dormir, "olha pra mim, não dorme mais!". O passo reconfortante no corredor; a lua, as nuvens com seus contornos, as árvores com seus segredos, a chuva com seus murmúrios e as artes, e os sentimentos, as dores e alegrias... e a eterna Senhora Esperança.

Enquanto em um brevíssimo momento penso todas essas coisas, o coração vai se aquecendo devagar — e essa lagoa de névoa se dispersa: o que é belo e bom e essencial ainda perdura como o sol que de repente inaugura os incríveis tons de rosa e lilás das paineiras logo ali.

Como belas damas antigas, de excêntricas roupagens de nevoeiro, elas me acenam: estamos aqui, amiga.

40 | *Mais sobre palavras*

A maioria de nós tem medo das palavras.

Da palavra.

Da escrita, então, é um terror (conheço, aliás, alguns mestres ou doutores que bem precisariam de umas aulinhas de ortografia...), pois a escrita parece definitiva: ainda bem que agora, no computador, podemos deletar a qualquer hora. Aliás deletar nos salva tantas vezes. Substituir também. Comecei a usar computador, acho eu, quando os primeiros escritores no Brasil começaram, e foi para aliviar o meu trabalho braçal de tradutora, às vezes lidando com isso muitas horas todo dia, e com inimagináveis pilhas de laudas de papel... a mandar pelo correio.

Depois, o definitivo grito de liberdade quando, antes de entregar originais de um romance meu para a editora, já escrito no computador, na última hora achei que o nome da personagem principal, a narradora, Teresa, era um nome muito forte, ela frágil. Num impulso, pra variar, botei o "substituir" e troquei "Teresa" por "Nora".

Alguém me explica por que o segundo me pareceu mais fraco? Mais líquido, menos toc-toc-toc do que Teresa começando com T?

Não há muita explicação para nossos amores e predileções, coisas lá nos subterrâneos do inconsciente, ou meros caprichos.

Esta que aqui escreve, apaixonada por palavras desde muito pequena, para quem elas lembravam pedrinhas coloridas ou saborosas balas de goma, elas eram borboletas nos meus pensamentos. Lindas ou assustadoras, amigas ou desafiadoras, não fazia mal. Eu as perseguia, sonhava com elas, quando aprendi a escrever escrevia palavras soltas só pela alegria que isso me dava.

Não sonhava então como usá-las profissionalmente, mas acaba que com elas ganhei a vida e ainda pago as contas. Nestes tempos em que tanta gente tem coisas a dizer, e diz em alto e bom som, pedagogicamente querendo ensinar todo mundo, as palavras retomam seu valor. Só que, pobres de nós, tendemos a usar clichês. E, quando são os ideológicos, os deuses se compadeçam de nós: que cansaço.

Perdem-se amizades, desfazem-se amores, ofendem-se pessoas ou se decepcionam outras, porque nos agarramos às palavras que, pensamos, expressam nosso pensamento. Será? Teremos pensamento claro, livre, dominante, ou corremos atrás da ideia de outros, ainda tendo enrolados nos tornozelos os ramos das nossas crenças adolescentes?

Tudo muito chato, penso com frequência. Possivelmente outros também me achem assim, muito chata. Uma atriz

as coisas humanas | 143

certa vez disse que detestava meus livros porque eu escrevia "sempre a mesma coisa". Não chego a tanto, mas a verdade é que todo artista tem seus temas centrais, ou sua frase vital, e a repete disfarçando, aqui e ali, pelo resto da vida.

Eu em geral escrevo sobre família e seus desencontros. Sobre pessoas diferentes e sua solidão.

Quando pinto (nisso não sou profissional, mas amadoríssima), acabo fazendo nuvens e ondas. E sombras. Coisas que me dão prazer. Andamos curtindo pouca alegria por aqui, notícias espantosas, receios esquisitos, bizarrices demais.

Então viva as palavras — que nos formam, conformam, confortam, espantam, e eventualmente transfiguram. Ou não servem para nada além de um instante de prazer, uma surpresa, uma descoberta.

E já será de muita serventia.

41 | *A dor do mundo*

Não tenho sempre pensamentos muito poéticos.

Nem tudo é devaneio, divagação, mas vida real, esta, dura, concreta, tantas vezes feia. Pois, parando para pensar — que é o que na calma destes tantos anos posso fazer quanto quiser —, me volta a velhíssima indagação: afinal, nós humanos, quem somos, com tantos conflitos e harmonia, crueldade, aberração e delicadeza? E o que fazemos pelos outros?

Que humanidade nos tornamos, que, vendo toda a miséria e aflição em tantos lugares, continua comendo, bebendo, vestindo, trabalhando e estudando, como se o horror, a desgraça, a chacina de tantos, sendo longe, nem fosse conosco? Deve ser o nosso jeito de sobreviver, não comendo lixo concreto, mas ruminando lixo moral e fingindo que está tudo bem.

Talvez empregando diferentemente os dons, as riquezas, o trabalho, o empenho e a decência de tantos, a gente conseguisse melhorar o sofrimento, essa "dor do mundo" que se alastra. Quem sabe escolhendo quem cuidasse dos

as coisas humanas | 145

pobrezinhos, da saúde pública, dos leitos que faltam aos milhares, da educação que degringola, da fome e da falta de higiene, da desinformação, da seca ou da inundação — para que ninguém ficasse tão exposto e vulnerável, tão sem cuidado algum em quantidades tão imensas. Tantos tão sem nada...

Os deuses não inventaram a indiferença, a crueldade, o mal do homem causado pelo homem. Nem mandaram desviar o olhar para não ver o menino metendo avidamente na boca restos de um bolo mofado, no mesmo instante em que a câmera capta sua irmãzinha num grande sorriso inocente atrás de um par de óculos de aro cor-de-rosa, que ela acabava de encontrar no meio da imundície: e assim iluminou-se num segundo aquela triste realidade.

Penso — porque há pouco foi de novo noticiado — nos lixões onde, em países subdesenvolvidos (devo dizer "em desenvolvimento?"), pessoas comem, moram, constroem barracos. As autoridades são os pais daquele lixo. Não o produziram diretamente, mas ali o deixaram jogar, permitindo que o recanto emporcalhado se cobrisse de casas, de lares.

Metaforicamente, também penso no lixo moral: o cinismo, a ganância, a fome de mais e mais poder, as negociatas disfarçadas com palavras rebuscadas e até solenes, os acordos fictícios, os compromissos rompidos, os miseráveis iludidos ou os remediados que gostam de se iludir porque pensar é cansativo e perigoso... e os líderes discutindo, se insultando, sorrindo atrás da mão que finge disfarçar um bocejo. "Dor do mundo?", indagariam se a gente lhes falasse nisso. "Coisa mais pessimista..."

146 | *lya luft*

Hoje não penso muito poeticamente: não podemos nos alienar. Uso aquilo de que disponho: as palavras. E digo, e digo, e repito: vamos cuidar da nossa gente antes que o mundo inteiro se transforme num nada poético lixão humano, e moral.

E não sobre nada melhor para alimentarmos nossos filhos.

42 | O *luxo do simples*

Escutei na tevê esta frase tão óbvia e simples, que acabei achando um luxo: "Hoje em dia a simplicidade é um luxo; e outro luxo é o tempo."

E não é que é mesmo verdade? Postei no meu Face, muita gente marcou, pensa assim também. Fiquei elaborando isso com os botões que não uso: essa transformação para valorizar o simples — ainda que seja meio de mentirinha, porque em geral acaba sendo simples sofisticado — é na verdade uma coisa muito boa.

Vira tranquilidade.

Vira liberdade.

É anticorreria, antiostentação, anti-precisar-ter-sempre-mais-coisas. Não ter de obedecer a tantas regras, poder usar o aventuresco até na casa: cadeiras e copos desiguais de propósito, roupa descombinada, o estilo é o que agrada a cada um.

Podemos viajar nas almofadas exóticas ou superdiscretas, tapete idem, folhagem enorme num grande vaso ou flor num copinho de cachaça, tudo ali do jardim ou do

148 | *lya luft*

terraço; livro espalhado ou mal empilhado. Abrir a cortina e a manhã inaugura a vida com sol, azul, e até o luxo de um leve nevoeiro baixo. (Ou minha predileta, a chuva, desde sempre.)

E as amizades, ah, as amizades sem inveja nem ciumeira nem cobrança, nem ressentimento, quando dá a gente se encontra, inventa uma *happy hour* ou passa meses sem se ver mas continua se amando igual.

E ninguém nos abandona.

Quanto mais o mundo se complica com horários, compromissos, contas, impostos, serviços medonhos e política nauseante, fora as novas descobertas de milhões e milhões desviados enquanto as crianças não têm comida nem escola, e a bandidagem se diverte e países guerreiam, e terroristas explodem levando dezenas consigo, nós procuramos a paz. Uma certa paz, a paz possível. Ansiar menos pelos luxos antigos que exigiam uma dinheirama — não querer mais impressionar, mas nos sentirmos bem, de jeito leve.

Vamos ter tempo de viver um pouco mais, nem sempre em anos, mas em contentamento sem tantas exigências.

De momento faço uma tradução de filosofia, sofisticada, mas tudo ao meu redor é simples, portanto é um luxo esse trabalho intenso que há tempos não fazia. Sem complicação. Sem resmungar. Até uma das funcionárias comentou que "a senhora está de novo muito tempo trancada no escritório", e estou. Mas contente, porque, se a crise exige mais trabalho, por outro lado foi minha profissão tantas décadas, e reencontro, nela, velhas alegrias.

as coisas humanas | 149

Quando o difícil fica cada vez mais difícil, podemos ser mais simples até no café da manhã: cada um prepara o que quer, depois bandejinha no colo cada um na sua poltrona, conversando, comentando notícias (haja estômago) ou olhando quietos as árvores com seu jogo quase sobrenatural de luzes e verdes.

Nem tudo precisa ser ou trazer aflição.

Volta e meia alguém que anda longe posta uma mensagem ou foto do seu iPhone pro meu, e a saudade já encolhe um pouco pois no *cyberspace* estamos juntos. Nada daquele compromisso grave de tempos em que era dever visitar a avó, uma senhora de cabelo branco e vestido preto, a quem era preciso tratar com cerimônia — quando quem sabe ela estaria doida por uma brincadeira, uma risada, um encontro alegre?

Um luxo que dá um pouquinho de trabalho: desenrolar o novelo das nossas íntimas complicações, que em geral nem nós entendemos direito, e nos perguntarmos onde está a ponta do fio, por que sou assim, por que aconteceu isso e aquilo...

E chegarmos à feliz constatação: não importa tanto assim.

150 | *lya luft*

43 | *Onde quer que estejam*

A maior homenagem que se pode fazer a alguém que morreu é tentar voltar a viver da melhor forma possível.

Porque tudo é transformação. E a vida sempre chama. Eu acredito nisso. Mas só quem passou por esse trauma, e sobreviveu, sabe como é difícil de cumprir. Talvez não haja nada mais difícil de fazer, e pouca coisa tão árdua de entender quanto o luto.

Por que falo nisso, o assunto que envolve dor, mistério, negação, desamparo e — se possível — coragem? Estamos nos tempos que se chamam Finados. Na minha infância, era, como Sexta-Feira Santa, dia de brinquedos sossegados, música só clássica até nas rádios, nada de pular, gritar, rir alto. Essas delicadezas fúnebres em geral acabaram, mas persiste o sentimento de que esses dias dedicados pelo menos à memória dos mortos reservem algum momento mais contemplativo, luxo para quem vive na correria diária pelo horário, o trabalho, o dinheiro, os compromissos, ou a própria ansiedade.

as coisas humanas | *151*

Coincide com essa data em que perdemos o nosso Alemão, nós sua família, seus tantos amigos, e acho que ainda estamos todos incrédulos. Ele? Logo ele? Aquele homem imenso, aquela vitalidade fascinante, aqueles olhos azuis prodigiosos, aquela alegria contagiante, aquele jeito acolhedor e amigo, aquela chama inquieta que o levaria para outros cantos do mundo, e talvez a desafiar limitações — o que finalmente o levou?

Seja como for, em todas as horas de todos os dias, pensei e penso nele. Ainda não acreditei inteiramente na sua morte. Ainda me surpreendo abrindo o WhatsApp e achando que é um daqueles seus recados diários, às vezes só pela alegria do contato, algo como "olha, mãe, que linda a lua da África", "repara que belo prato minha mulher preparou para mim depois de trabalhar ao meu lado o dia todo"... coisas desse tipo.

E por isso me permito transpor para cá, em forma de prosa, alguns trechos do livro de poemas *O lado fatal*, de 1988:

Não digam que isso passa. Não digam que a vida continua, que o tempo ajuda, que afinal tenho outros filhos, e família, e um amor, e amigos e um trabalho a fazer — pois tudo isso eu sei. Não me consolem dizendo que ele morreu cedo mas morreu bem, fazendo algo que tanto amava ("quem não quereria uma morte como essa?"). Não digam que tenho livros a escrever e viagens a realizar. Não digam nada. Pois eu vejo que o sol continua nascendo enquanto estou lambendo esta ferida sem cura, tentando disfarçar um pouco para que ninguém se constranja perto de mim.

(Mas não me consolem: da minha dor, sei eu.)

* * *

Quando meu filho morreu, abriu-se em meu peito esse buraco: através dele arrancaram-me o coração e colocaram o estranho maquinismo cheio de lâminas e pontas que a um tempo me corta e preserva — pois, se de um lado a morte me esmaga, do outro a vida me chama.

Se me tivessem amputado braços e pernas, ou furado o coração com finas facas, cegado meus olhos com ganchos — ou esfolado a minha pele como a de um pobre bicho —, nada doeria mais do que saber meu filho morto, depositado em cinzas pelos oceanos que tanto amava, mas mergulhado nesse poço de silêncio de onde, se me fala, não consigo entender suas palavras.

* * *

Quando foi bom o amor, os mortos pedem memórias doces que não os perturbem, e que a gente viva sem muito desgosto: mais nada. Pedem silêncio, e que — por mais que os amemos — os deixemos em paz. Os mortos precisam de mais espaço do que em vida: nesse seu novo posto não devem olhar para trás com dor, nem carregar pesares.

(Os mortos querem licença para morrer mais.)

Mas nós não estamos preparados.

as coisas humanas | 153

44 | *Fadas, bruxas e a luz no túnel*

Não faz muito tempo escrevi três livros de histórias infantis, nas quais me coloquei no papel de uma bruxa boa disfarçada de avó.

Essa bruxa escondia, atrás dos livros da sua biblioteca, potes com pós mágicos, que usava para vencer as bruxas más, moradoras de um buraco no meio-fio ali na esquina. "Bruxa existe, fada existe, gnomo existe, bicho fala?", perguntava a criança que recheou minhas histórias com suas maravilhosas fantasias. Uma de suas perguntas foi, aliás, se " à noite as estrelas-do-mar acendem no fundo das águas"; outro, pequeno, adormecendo nos braços do pai, abriu os olhos e perguntou: "Papai quando a gente dorme, a alma também fecha os olhos?"

Para a primeira pergunta, respondi que existem, claro. Para quem acredita, tudo isso existe. Pois eu penso assim. Para crianças, é apenas natural. Para nós adultos, depende de nossa capacidade de escapar de um ceticismo pobre, e espreitar, atrás da porta, os segredos que ali se ocultam.

Quem garante que, de vez em quando, dois mais dois não é algo diferente do tedioso quatro — o que eu tanto desejava na minha infância em luta com números, aritmética, matemática, mais tarde equações e problemas — como os dos operários que colocavam tantos metros de trilho em tantas horas, e quantos dias levariam para colocar tantos mais... coisa que não me interessa, mesmo hoje, nem minimamente?

Pesquisadores geniais começam a abrir frestas de conhecimento que nos revelam sistemas insuspeitos (seriam os das bruxas medievais?). Quantas dimensões temos no universo? Uma quarta foi aventada, e quem sabe outras mais?

Comecei a querer entender a vida quando ainda nem comia à mesa dos adultos (outros tempos!), intrigada, principalmente, com as tempestades que resfolegavam como um grande animal sobre as árvores do jardim. E assombrada com as emoções, boas ou mesquinhas, que circulavam entre os adultos naquela mesma mesa, montadas em palavras ou em silêncios.

Eu sempre quis entender: porque não entendo, escrevo. Como jamais entenderei, até o fim da vida tentarei expressar em palavras e entrelinhas esse desejo inalcançável.

Teimo em dizer que bruxas existem, fadas existem, a vida depois da aparente morte existe, os encontros humanos são destinados: algo secreto maneja os laços que se atam e desatam até nos mais breves encontros.

Nada é impossível na vastidão do processo no qual estamos como as árvores na floresta e as conchas na areia: transformação, não deterioração; soma, não redução. Se

as coisas humanas | 155

conseguíssemos enxergar isso, seríamos muito mais tranquilos, abertos e ousados. Daríamos mais importância ao crescimento, e não à castração; à dignidade e ao amor, não à vingança e ao ressentimento.

Teríamos consciência de que a vida nos encerrou neste casulo do não saber para exercermos generosidade e liberdade, tolerância sem permissividade, até sermos expandidos nisso que chamamos morte, onde tudo será puro conhecimento e intuição.

Ao menos por algum precioso instante de libertação, devíamos poder ser crianças que acreditam que à noite, quando todos dormem, esta que aqui escreve voa sobre os telhados em sua vassoura, feliz porque os que ama dormem protegidos, enquanto ela, a Bruxa Boa, sob a claridade da lua gira e vela.

❖ ❖ ❖

Sou dos que também acreditam nas coisas positivas: sem elas eu não ia querer viver. Não ia querer ficar numa festa desse tipo, onde a alegria se foi logo, ou nem chegou. Se eu ficasse amarga com tudo que acontece de negativo — não é meu jeito — contaminaria a casa onde moro, a família que me cerca, o companheiro que está comigo, os amigos e o mundo.

Por que sou importante? Não. Porque cada um de nós é uma partícula que, envenenada, vai poluir o todo. Saudável, vai fazer circular melhor a vida. Por essa razão, industriais e garis, mulheres milionárias e faveladas, tra-

156 | *lya luft*

balhadores e doentes acamados, os que estão nascendo e os moribundos, são todos importantes.

Essa é a real democracia, acima de política e ideologia.

E eu, apesar de tantas realidades que provocam dor ou indignação, sou dos que ainda acham que a vida vale a pena, que as pessoas querem ser boas, e mais: que felicidade existe, no desejo de uma harmonia relativa com tudo e todos. Porque, não sendo nem anjos nem porcos, estamos no meio-termo: passíveis de cometer horrores ou mesquinharias, ou gestos comoventes.

Roubalheira de um lado? De outro, há tentativas de realmente ajudar. Corrupção compensada por honradez. Apatia ou frivolidade, mas também capacidade imortal de indignação.

Mas nesse quebra-cabeça a gente sente vontade de acreditar. Não em cartolas de mágico das quais vão saltar pessoas mais amorosas, saúde, emprego e educação em crescimento, um país vigoroso, uma realidade tranquila, menos violência e menos abandono, menos desonestidade — mas acreditar num povo inteiro, em toda uma humanidade, trocando dominação por parceria, e lixo por luxo (para todos), o luxo da dignidade e do sossego.

Talvez eu ainda acredite em milagres. Mas, se a gente der um passo real em direção do bem, terá valido a pena acreditar: em si mesmo, no outro, na família, nos amigos e colegas, nos líderes, nos filhos e nos pais. Não como perfeição, mas como vontade generalizada de algo melhor.

Se o pessimismo dominasse, não adiantariam crianças brincando, rios correndo, estrelas faiscando, gente se aman-

as coisas humanas | 157

do: seríamos sombras negativas que, em lugar de chamar, resmungam. Então, o jeito é acreditar que, olhando do lado certo, esse túnel tem fundo. Lá no fundo, além de demônios, existe uma luz.

Uma boa luz.

45 | *Aquela a quem não dei colo*

De um jeito ou outro, notícias ruins se derramam na nossa casa, com todo o drama humano que me fascina, assusta, move e comove e é matéria de meus livros.

As do meu país, e tudo mais que aparecer e eu puder entender. Às vezes preferia não entender. Outras vezes mudo de canal para não onerar ainda mais minha alma que não anda lá essas coisas. Mas sou, sim, curiosa, interessada, assombrada, perplexa e às vezes maravilhada com as coisas do mundo. Pois elas são essencialmente humanas.

Dramas individuais. Guerras, carnificinas, incêndios, terremotos, inundações, tiroteios, toda a trama que nos envolve e persegue e empurra há milhões de anos. Indignação, encanto, pasmo, se alternam em quem assiste. E insiste.

Então, noticioso correndo na tela, mas eu lendo, e abstraindo de algum modo o filme das coisas humanas que passa na minha frente — mãe trabalhando em escritório em casa, cedo aprendi a me concentrar mesmo com o chamado rumor da família por perto — levanto os olhos e foco um rosto de criança.

as coisas humanas | 159

Todos os traços de um ainda-quase bebê, pode ter quatro anos, pouco menos ou mais. Linda menina, olhos enormes melancólicos e perplexos. Ela não entende o que acontece ao seu redor, no campo de refugiados do Afeganistão, tendas espalhadas no areal sem um capim, um poço à vista, só areia, vento, secura e rostos como máscaras de severidade ou dor. Nas crianças, ainda sombras de sorriso ou traquinices.

A menininha sentada, enfeitada com colares e brincos que pareciam pesados demais para ela, ao lado da mãe, de um velho com turbante torto e barba com ar de suja, e um menino — de dez anos, fico sabendo depois. Até a curtida e experiente jornalista que os entrevistava parecia não encontrar palavras, enquanto eu aqui do outro lado do mundo não encontrava nem pensamentos claros.

Resumo da tragédia: a mãe, cujo marido tinha sido morto numa escaramuça semanas antes, viera ao acampamento com três ou quatro filhos, a menininha sendo a menor. Não tinham mais o que comer, estavam famintos, acabariam morrendo ali mesmo.

Então, a mãe relata com ar severo, mas decidido, sem encarar a entrevistadora, que tinha resolvido vender a menina: Áquila, ainda com as bochechinhas inocentes de quase bebê, tem seis anos. A mãe, magérrima e tisnada de muito sol e sofrimento, diz com simplicidade: "Ela ainda não entendeu, porque é muito pequena, mas foi vendida para esse senhor aí."

O velho ao lado, turbante torto, lacunas entre os dentes da frente, se coça com vago desconforto e diz que sim, que ali não é grande coisa, que afinal a família morria de fome,

160 | *lya luft*

e que ele vai pagar, em três anos, provavelmente, os três mil dólares pelos quais adquiriu a criança.

A mãe, remexendo-se, revela meio incomodada que até agora recebeu apenas setenta dólares e isso a aborrece. A criança olha, pasmada, mãozinhas ainda de bebê postas no colo, imagem da inocência diante de um mundo brutal. A jornalista se levanta, a câmera é recolhida — eu desligo a tevê, e fico olhando o verde do parque lá fora, querendo ter, amar, abraçar, alegrar e cuidar, aquela menininha chamada Áquila, pela qual até agora a mãe recebeu setenta dólares, talvez mais do que os trinta dinheiros trocados por Cristo.

E me dói, ainda hoje, não ter podido pegá-la no colo, com todo o amor e a proteção que o mundo dava tão pouco.

as coisas humanas | 161

46 | *Não sei se quero saber*

Nas escolas onde estudei muitas vezes dizem que fui uma aluna exemplar.

Não é verdade.

Fui boa em português, escrevia direitinho porque desde sempre li feito maluca, e lendo se aprende a escrever. Era péssima em exatas, matemática e outros me derrubavam fácil, muitas vezes fui aprovada, como dizia minha mãe, "com as calças na mão", ou — conforme ela também afirmou para um grupo de jornalistas — eu era "aluna nota vírgula", porque se precisava de um seis, os professores, segundo ela por pena, me davam seis vírgula um ou dois. Fofocas maternas, feitas com algum humor, mas realmente não fui boa aluna.

Além do mais, tinha — e ainda tenho — uns frouxos de riso por coisas de que ninguém mais achava graça, ou nem sabia — porque alguma lembrança mortalmente cômica me aparecia —, e tenho esse traço de minha mãe. (Nós, crianças, adorávamos isso.)

Primeiro, queria estar em casa, lendo na cama ou no terraço ou ainda no gramado, porque queria entender o

162 | *Iya luft*

mundo, e por alguma razão acreditei, até já ser mãe de família, que as respostas deviam estar nos livros.

Segundo, eu era inquieta, facilmente me entediava, ria por bobagens, adorava uma conversinha, e não uma só vez empurrei devagar até a beira da minha mesa o estojo de lápis, canetas e borrachas até ele cair no chão, espalhando conteúdo, e levando alguns colegas a se botarem de quatro para juntar tudo, diante dos olhos furiosos do mestre.

Levei muitos castigos, como ficar no corredor, ou, se era mais grave, a professora mais impaciente, ir à sala do diretor, um senhor digno e calmo que me olhava por cima dos óculos e me fuzilava dizendo que eu não estava à altura do meu pai.

Por que o envergonharia? Por rir fora de hora, achar graça de qualquer bobagem, olhar pela janela sempre distraída seguindo as nuvens ou a chuva, porque a letra era descabelada e eu não conseguia caprichar mais? (Nos meus primeiros cadernos escolares, às vezes a professora escrevia com lápis vermelho na margem: "Letra horrível.")

Seguidamente, e por qualquer coisa, eu me sentia ré, e guardo resquícios disso... mas de algumas coisas vale chegar à minha idade: a gente se aceita melhor, e com mais bom humor. Sobre isso, Katharine Hepburn, atriz que mais curti e curto também como pessoa, disse numa entrevista: "Velhice? Ora, vai tudo muito bem!" E acrescentou com aquela sua risadinha rouca: "Só não peça detalhes."

Uma lição fui aprendendo em tantas décadas: todas as respostas não estão nos livros.

Temos que descobrir algumas através de experiência, reflexão, contemplação e curiosidade. Não sei por que

as coisas humanas | 163

andamos tão raivosos, tão impacientes, acusando tão facilmente os outros (que às vezes mal conhecemos), e matando gente como não fazem os bichos — mas as pessoas sim, como nesses quase triviais tiroteios e explosões em várias partes do mundo, algumas esperadas, outras totalmente fora de esquadro.

Alguém, por motivos individuais ou ideológicos, resolve praticar uma carnificina: tiro, bomba, machado. "Crimes de ódio", como dizem? Seria sempre terrorismo? Seria doença mental não tratada, apenas mais alguém perturbado solto por aí?

A mim sempre repugna um pouco a rápida explicação de insanidade, que absolve de vontade, intenção, preparativos, e tudo o mais. É como tratar de "safado" o mau caráter que rouba dos pobres; que trai a mulher; que engana seus superiores; que se omitiu de consertar um problema grave, e morreram dezenas de pessoas, ou mais.

Não sei por que essas matanças em qualquer lugar. Não sei se quero saber.

E se não fosse, desde sempre, viciada em notícias, resumiria minha televisão aos seriados criminais, à National Geographic, e a alguns ótimos programas de arte até no Brasil, o que muito me conforta. Aqui e ali pego entrevistas excelentes com pessoas que valeria a pena conhecer. Escritores, pintores, bailarinos, cientistas, políticos, ou simplesmente pessoas. Refugiados. Policiais. Professores. Médicos que atuam nas regiões mais miseráveis do mundo.

164 | *lya luft*

Heróis que não se exibem nem se queixam mas fazem girar, bem ou mal, as enlouquecidas rodas do mundo.

Quanto ao resto, há coisas que é melhor nem saber.

47 | *Dona Wally e eu*

Minha mãe, dona Wally, foi uma mulher linda, alegre, otimista.

(Também me vigiava com suas preocupações e cuidados, que eu, pequena rebelde, não entendia. Devo ter sido uma dessas crianças inquietas e difíceis. Meu pai achava graça de tudo isso em mim. E foi o meu deus.)

Mas minha mãe era a beleza, o perfume, a canção, o otimismo, apesar das tentativas de me controlar em umas bobagens que para ela eram importantes na educação de uma menina, tantas décadas atrás. Lembro de seu passo enérgico no corredor, a voz cantando no jardim quando mexia nas suas rosas, a risada clara conversando com meu pai. Adorava viajar, adorava suas tardes com amigas (e primas) jogando cartas, adorava jogar tênis, e adorava acima de tudo meu pai, meu irmão e esta que aqui escreve — que, eu acho, nunca correspondeu direito ao que ela imaginava ser uma menina, jovem, ou mulher contente, normalzinha.

Não aprendi a jogar cartas, a jogar tênis, a arrumar o quarto, a cozinhar (a empregada fazia isso muito melhor que eu, era o meu argumento). Na cadeira empilhavam-se minhas roupas, o armário era uma confusão, até ela jogar tudo no chão para eu arrumar do jeito que era bonito. "Tem meninas que empilham calcinhas e pijamas conforme a cor, e amarram com fitas lindas."

Eu achava aquilo uma perda de tempo lastimável.

Minha mãe era ansiosa em parte porque a gente nasce assim ou assado, ou mãe é isso mesmo, mas também — entendi melhor quando tive meus filhos — porque o primeiro bebê tinha morrido e ela talvez nunca se recuperasse dessa angústia.

Às vezes nossa relação era um pouco tumultuada. Nada dramático, apenas as diferenças entre uma mãe ansiosa e controladora e uma filha rebelde e amante da liberdade. Ainda que fosse a liberdade boba de andar descalça no pátio, acender o abajur do lado da cama e ler madrugada a dentro, rir alto demais, rir fora de hora, e ser um desastre na maior parte das coisas domésticas.

Isso, e ler demais, segundo minha mãe e seu bando de primas e amigas, me impediria de conseguir marido: coisa gravíssima.

"As filhas de minhas amigas e primas sabem cozinhar, fazer bolo, arrumar a mesa lindamente. Pra outras coisas você é tão inteligente, por que não aprende?" Eu não me interessava, e pela vida afora, sem interesse ou entusiasmo, em geral faço tudo mal feito.

Discutíamos, dona Wally e eu, pelas coisas mais bobas, ligadas a esses meus defeitos. Mas ela curtia imensamente assuntos que eu deveria cultivar muito mais mesmo depois

as coisas humanas | 167

de casada: comprar roupas bonitas, me vestir melhor, gostar de festas. Às vezes me olhava como quem diz, "que pessoa é essa que eu pari e não entendo?" — nada original em muitas mães.

Nos últimos dez anos de vida, até os noventa, foi prisioneira na clausura do Alzheimer. Cuidei dela até o fim: já não me reconhecia, enrolada no xale da sua ausência. Lembro de algumas mágoas infantis, e ela certamente guardou muita perplexidade, mas agora, tantos anos depois, quando me dói não ter mais a quem chamar de "mãe", sei que fizemos as pazes. Acreditem, é uma sensação maravilhosa.

Onde quer que você esteja, dona Wally: você me faz muita falta.

48 | *Essa estranha dança*

Alguém me pergunta se acho que os homens no fundo temem as mulheres.

Velho tema, velhíssima pergunta. Sem grande resposta. Ou a de sempre, irritante eu sei, mas sincera: "Depende, cada caso é um caso." Não acho não, mas com certeza sermos diferentes provoca suspeitas às vezes irreparáveis.

Talvez na era dos trogloditas ou antes, essa criatura esquisita "que sangra todo mês e não morre", ou que de repente se retorce e dela brota um outro ser humano, deve ter causado muito assombro. Nunca saberemos. Estudiosos e entendidos falam até hoje desse estranhamento original. Teorias, desbundes, revoluções morais e imorais devem ter atenuado isso, ou liquidado de vez. Mas algo restou, e ainda se revela seguidamente explodindo em violência.

Cada vez que ouço notícias de espancamento ou morte de mulheres — sim, feminicídio, usemos o termo já que ele existe — me espanta como é possível que mulheres não débeis mentais nem fisicamente suportem companheiros que ano após ano, dia após dia, as maltratam. E se (rarissi-

as coisas humanas | 169

mamente) conseguem uma ordem judicial de afastamento físico dele, o cavalheiro quase sempre a desrespeita: pois leis aqui são feitas para não respeitar, e a punição quase inexiste. Algumas, que eu sei, depois de conseguirem afastar o truculento de casa, o chamam de volta porque não sabem viver sem ele. Dão chancela ao título de um livrinho que há muitos anos alguém me mostrou:

"Sou infeliz, mas tenho marido."

O convívio com alguém grosseiro e violento pode ser a única saída que algumas divisam. Ou têm no fundo mais fundo algo de masoquista: apanho porque mereço, sou maltratada porque não valho grande coisa.

O assassinato de centenas, milhares de mulheres no Brasil me dá arrepios: me gela a alma saber que nos matam porque tomaram um porre, porque desejam outra, porque nossa presença, nossa voz, os irrita, porque estão de mau humor, perderam o emprego ou a amante, ou simplesmente, como disse certa vez um adolescente sequestrador de um amigo meu, "hoje a gente saiu de casa a fim de matar alguém". Quanto mais tempo — este meu tempo — passa, menos entendo muitíssimas coisas, entre elas esta: o que falta em nossas leis, nossa cultura e moral, para que haja essa banalização de assassinatos de mulheres?

O que sentem, pensam, os assassinos? Tive raiva, matei. Estava irritado, esfaqueei. Perdi o resto do salário no jogo, decapitei. Queria dormir e ela só reclamava, esquartejei.

Que chancela maldita dá permissão para esses horrendos fatos? De que parcela disso somos responsáveis, nós mulheres, nós vítimas? Humildade abjeta, solidão terrível,

170 **|** *lya luft*

inércia, alienação, uma eterna culpa vil que nos faz oferecer o pescoço, o coração, ou a vida?

Não sei. Nunca entenderei. Mas não são só as leis profundamente falhadas, a segurança incrivelmente relapsa, a escolha trágica de parceiros monstruosos, que permitem esses crimes: alguma coisa em nós, emocional, cultural, psíquica, ancestral, nos faz vítimas fáceis?

Não sei. Não sei se quero saber. Mas hoje, quando liguei a tevê nos noticiários e mais uma vez, como quase todos os dias, ouvi falar de um assassinato de mulher por seu parceiro, não havia nada a fazer senão vir ao computador e escrever qualquer coisa para desabafar, para esbravejar, clamar, partilhar.

O que há conosco, tanto as vítimas quanto os algozes, que tantas vezes nos unimos numa dança mais do que estranha: fatal?

E, se pouco nos entendemos, por que tanto nos procuramos?

as coisas humanas | 171

49 | O dedo que acusa

Hoje acordei com o olho triste mais aberto; o outro baixa a pálpebra e finge que ainda dorme.

Nesses últimos meses, semanas e dias, o acúmulo de denúncias dolorosas e horrorosas de abuso sexual sobre crianças e adolescentes (e também jovens adultos) no mundo está crescendo de forma espantosa. Não sei se os casos aumentaram, mas certamente aumentou a coragem de denunciar. Um tsunami de pavor, e os questionamentos que ele traz consigo.

Mesmo que haja alguns delírios ou injustiças, a multidão de casos reais é tão assustadora que me pergunto: Que gente somos? Que pessoas eram e são essas, aquelas? Quem faria isso com uma criança, uma adolescente, um adolescente? Repetidamente, às vezes anos a fio?

E que espírito humilhado, dilacerado, apavorado, levou as vítimas a suportar tais horrores às vezes longo tempo, sem se queixar nem aos pais, aos professores, a algum irmão mais velho ou melhor amigo? O que há conosco, com nossos filhos, netos, conhecidos e mesmo desconhecidos

172 | lya luft

mundo afora — vítimas e criminosos enrolados em laços tão malignos, que nas vítimas abrem feridas muitas vezes incuráveis?

Padres, pastores, diretores, chefes de equipes esportivas, treinadores, professores ou parentes, inclusive pais ou tios... que seres pouco humanos têm esse acesso às vítimas e conseguem manter esse terror por anos e anos?

Mais que isso: sabe-se que alguns superiores ou chefes foram alertados pelas vítimas ou pelos seus pais: mesmo assim, pouquíssima coisa transpirou, nada de punições exemplares e clamor público. Minha compreensão é pequena demais para entender que todas as crianças não sejam alertadas em casa, desde sempre, para correr, gritar, fazer escândalo, a qualquer sinal de algo indevido da parte de outras pessoas, sobretudo adultos. Professor, sacerdote, parente, treinador... tanto faz. Autopreservação é a palavra de ordem e confiança de que alguém virá ajudar. Melhor chamar atenção para um engano do que se submeter a tal horror.

As vítimas, muitas das quais choram décadas depois do ocorrido ao falar nele, sofreram por ingenuidade, medo, ou falta de ajuda e colo e escuta em casa. Por uma cruel e cômoda omissão do resto, dos outros, de nós, a sociedade e a família?

Essa cumplicidade velha e sólida dos grupos responsáveis construiu essa torre de opróbrio no alto da qual, agora, os culpados deviam ser expostos, e — perdoem os mais compassivos — castrados ainda que quimicamente. Prisão é pouco. É fácil demais escapar, sobretudo por aqui.

as coisas humanas | 173

Gente famosa, respeitada, admirada é objeto de acusações dramáticas, de quem, quando o crime aconteceu, era apenas criança. Foi só uma vez? Dez? Durante alguns anos ou um ano só? Uma hora que seja, meia hora? O estrago na alma, na psique, na confiança, no recato, no respeito por si e pelos outros, foi fundamente escavado nessas vítimas. Que sociedades, que famílias, que igrejas, escolas, academias, equipes esportivas foram e são as que abrigam, ou mesmo ajudam pelo silêncio vergonhoso, esses crimes?

Não sei. Sempre, desde que me conheço, escrevi contra qualquer discriminação, e pela dignidade de crianças, de adultos, de gentes de qualquer raça e condição social.

Mas neste assunto, confesso, até eu me atrapalho com as palavras: para esses violadores da natureza humana, quero castigo e eterna condenação.

Aí, sim: tolerância zero.

50 | *Escolhas e azares*

Atroz, demais inquietante, é a tentação de mudar, trocar, inovar nestes tempos de competições às vezes desvairadas.

Tanta necessidade de manter a cabeça à tona d'água, quando tanta coisa colabora para que a gente estagne. Para começar, nada se faz sem a inovação interior, pessoal, de cada um: querer mudar para melhorar ou para ao menos sobreviver direito. A cada momento teríamos de nos renovar: impossível tarefa, pois não sobreviveríamos a essa batalha incessante e dura.

É duro mexer na nossa "zona de conforto" (nem todas as expressões modernas são *modernosas*).

Às vezes, como tanto escrevi e falei, é preciso parar pra pensar, e vem a inevitável reação: "Parar pra pensar? Nem pensar! Se paro, eu desmorono." Porém, sem uma eventual consciência de nós, do que somos (ou pensamos ser), fazemos, queremos e podemos (ou deveríamos poder), nada vai adiante: a engrenagem acaba enferrujando, logo não teremos visão além da confusão de peças que funcionam desordenadamente.

as coisas humanas | *175*

Vejo minhas duas cachorrinhas em casa: bicho, quando não tem o que fazer, fica quieto observando, ou dorme. Pessoa quando não tem o que fazer, puxa angústia. Já senti uma secreta invejinha: poder só brincar, só cochilar, só ficar de olho no estranho mundo humano, curtindo a minha redoma de ser bicho.

Não dá.

Então às vezes precisamos inovar, porque a vida pede isso, o trabalho exige isso, devemos isso a nós mesmos, pois a vida chama. E tem muita coisa simpática nesses movimentos que, para serem bons e produtivos, pedem consciência, inquietação, coragem, honradez, estímulo de outros se possível: dos amores, dos amigos, da família, da empresa, sei lá. Da nossa própria autoestima.

Das nossas necessárias e às vezes difíceis escolhas, das quais não se precise culpar ninguém. Lembro tantas vezes a frase que meu pai repetia quando eu lhe apresentava algum dilema: "Olha, filha, se você for para esse lado, acho que vai se sair bem; se escolher o outro, corre mais perigo de quebrar a cara. Seja qual for sua escolha, vou estar sempre aqui."

Hoje às vezes reclamo, cadê você agora que tanto preciso? E ele está. Todos estão. Apesar das nossas confusões, das lembranças que empalidecem e das impossíveis retratações se não amamos direito, eles nos sustentam quando bate o vento das cobranças e da inquietação arrebentando tudo, derrubando as árvores da alegria e abalando o nosso ânimo. Mas precisamos fazer nossas escolhas, às vezes sem desculpa para apontar para o outro e dizer: não fui eu.

A força para decidir honradamente, e pagar os possíveis preços, pode vir do tesouro de palavras e abraços, amores acumulados numa vida inteira.

Podemos nem claramente sentir — mas aqui estão os cuidados de quem nos acompanhou, imortais fragmentos amorosos.

51 | *Tema sem fim*

Sim, volto ao assunto, porque talvez seja a pergunta que mais me fazem ao longo de uma já longa carreira.

"O que é inspiração, como lhe vem a inspiração?", pergunta que persegue artistas criadores a vida inteira. "Você tem rituais para escrever? Música que escuta para se inspirar? Afinal, inspiração existe?" Cada escritor (falo do meu território) dará uma resposta diferente. Alguns precisam de silêncio, outros de música, outros escrevem em qualquer parte, alguns ainda só na sua toca, seu escritório, alguns ainda à máquina, até à mão, ou desde que existe computador fazem tudo nele, até bilhete, como eu: mil maneiras de trabalhar.

Há quem diga que inspiração é bobagem, o que importa é a transpiração. Não é bem assim. Importa uma harmonia entre as duas coisas. Pois, sem esse chafariz de ideias e emoções que se organiza quando escrevemos e acaba em um romance, um conto, um poema, um quadro ou uma canção, dificilmente se faz um bom trabalho.

Qualquer pessoa com alguma fantasia e bom conhecimento do seu português consegue *fabricar* um texto, até um livro. Mas arte não é assim, e possivelmente vai faltar a centelha que diferencia uma obra fabricada conforme os esquemas vigentes, de uma obra de arte, por mais fraquinha que seja. Sim, obras de arte podem ter gradações de "bom, médio, ótimo, incrível"...

Não acredito também que artista tem de sofrer para produzir. Em tempos muito difíceis de minha vida (sim, também os tive), passei seis anos sem escrever, só traduzindo. Pensei ter ficado afásica para sempre, e, como já tinha escrito vários livros, deduzi que a fonte tinha secado.

Mas de repente, caminhando na beira da praia sem pensar em nada importante, voltou a história que eu tinha começado a fantasiar seis anos antes. Sem computador, sem máquina de escrever ali, corri para a papelaria, comprei canetas e papel em profusão, e comecei a escrever feito desvairada. Voltando para casa, botei tudo no computador ou na máquina de escrever, não lembro, e publiquei *A sentinela*, em 1994.

De onde vem, enfim, a tal inspiração?

Cada caso é um caso, cada autor é um autor.

Comigo, é como se tudo o que vivo, olho, sonho dormindo, sonho acordada, me contam, assisto, se depositasse em mim através dos anos, como aquela lamazinha no fundo de um aquário. Quando alguma coisa me toca especialmente (ou não) é como se mexessem com um

as coisas humanas | 179

lápis nesse fundo de águas tranquilas, e todo o depósito do fundo sobe à superfície: feita a inspiração, a história que estava meio pronta nas neblinas do inconsciente começa a emergir.

Eu lhe dou nomes e formas, trabalho, escrevo e reescrevo, e com sorte tenho um texto.

Também quero dizer que, para ser escritor, coisa que me perguntam incessantemente, é preciso, primeiro, ler muito. Ler sempre. Segundo, dominar o máximo possível o idioma, pois o bom escritor é como o cirurgião que sabe manejar o bisturi, conhece anatomia, a doença, e o resto. Ninguém escreve "de ouvido". E, atenção, não se aprende línguas decorando regras — serão muletas para consulta —, mas falando, e lendo. Além disso, é bom abusar de simplicidade, paciência, humildade, autocrítica sem neurose, e usar dessa maravilhosa liberdade que o texto nos dá.

É difícil.

Porque além disso precisa de sorte, persistência, nada de ressentimento do tipo "ninguém se interessa por meu livro, ninguém quer me publicar", pois quase todos nós levamos várias recusas, esperamos algum ou muito tempo, para finalmente iniciar ou avançar no caminho dessa arte e dessa profissão.

Teremos assim o chão por onde caminhar, amados, criticados, abominados ou estimulados, pelo resto da nossa vida.

Inspiração? Sei pouca coisa dela, mas sei que não cai do céu.

Porém, às vezes, basta ficar quieto, olhos fechados, e a arte, essa indefinível feiticeira, começa a correr quente e louca pelas nossas veias.

E não nos dá mais sossego.

52 | *Logo ali na esquina*

Sempre admirei os mais velhos.

E os invejava um pouco, pois, além de parecer que podiam fazer tudo o que quisessem, diziam "pensei que já tinha visto tudo".

A velhice era, é, devia ser, uma época de serenidade, certa sabedoria, certa benevolência, certa liberdade. Digo "certa", é claro. Pois hoje, que já estou nela, coleciono vantagens (claro que nos detalhes não se fala): faço coisas que não faria nem diria aos trinta ou quarenta. Dou de ombros para fatos que me fariam arrancar os cabelos décadas atrás.

E também sinto um pouquinho de falta de alguns bens antigos, como mais desembaraço ao caminhar, e menos perdas de pessoas queridas.

Certa vez traduzi um livrinho cujo título era parecido com "Vou vestir vestido roxo". Algo assim. Depoimentos de várias mulheres velhas (por que o medo da palavra?) dizendo que agora podiam usar chapéu florido, ou vestido roxo, ou se divertir pisando na poça de água, sem que alguém viesse criticar. (Coisa de que duvidei bastante, pois sempre há quem...)

182 | *lya luft*

Sim, existem certas liberdades.

Posso, como adorava fazer em criança e na juventude, mas nem sempre me deixavam, ficar longo tempo vendo a paisagem, sonhando, pensando, lendo, enquanto alguma coisa se faz no meu interior mais interior — e eu nem sei direito o que é. Nem me aflijo. Pois é meu, está em mim, e quando for hora vai emergir. Quem sabe personagens de um novo livro. Quem sabe um pouco de tranquilidade a mais. Quem sabe entender algo que parecia absurdo.

Mas mesmo assim, cada dia vejo que não vi tudo. Por exemplo, notícias de maldade mesquinha que ataca pessoas em seu momento de dor. Parece mentira, mas é real. Parece impossível, mas longe disso. Sempre há quem se regozije com a dor alheia. Sempre há gente cuja única vantagem é conhecer ou inventar fraquezas de outros.

Também há quem diga que a grave crise de mudança de clima não existe: arrogantes e ignorantes, combinação explosiva. O presidente de uma nação poderosa acaba de admitir que, mesmo que cientistas mostrem pilhas de provas dessa perigosa ameaça para o mundo, a inteligência dele, e sua intuição, lhe dizem que é bobagem. O mudo que se exploda.

E nós junto.

Ou isso tudo é pose?

Por outro lado, em lugar de mais benevolente me impaciento mais com certas mazelas, maldades e maluquices. Endeusar criminosos; louvar como coisa natural e quase obrigatória alguns dramas sexuais; querer que os filhos brinquem com bonecas e as filhas com carrinhos de brin-

as coisas humanas | *183*

quedo — como se isso fosse resolver individualidades que nessa época nem se definiram; professores humilhados e fisicamente atacados; velhos políticos mais-do-que-raposas--espertas reeleitos, mantendo privilégios — apesar de muitas mudanças que já começam, graças a Deus.

Pobreza e miséria aumentando, e alguns dizendo que nunca estivemos tão bem. Amizades desfeitas como se o humano e pessoal importassem menos do que conceitos, ignorância, petulância ou radicalismos.

Enfim, a coisa vai ficando cansativa e mesmo assim vemos que não vimos tudo. Mas lembro que também vimos, vemos, coisas muito positivas: solidariedade, afeto, preocupação com o próximo, honradez; famílias que gostam de conviver... professores amados pelos alunos... médicos salvando vidas e pacientes lembrando-se disso... funcionários querendo fazer bem seu trabalho... patrões que não pagam só o mínimo necessário se podem pagar mais... enfim, gente sendo gente. Amizades fiéis, por exemplo. Família amorosa, apesar de tudo, das nossas loucuras, incertezas, ignorâncias e incompreensões, em geral porque a gente não sabia.

Isso me faz concluir que, se achei que já tinha visto tudo, às vezes há surpresas boas logo ali na esquina.

184 | *lya luft*

53 | *Equilibrista com rede*

Quem nunca tentou ou ficou mesmo se equilibrando em cima de um muro estreito e alto, ou até num arame mental, emocional, econômico?

Dificilmente alguém escapou disso, ainda que em curto período da vida, um momento que fosse. Quando menina, na minha amada escola, os exercícios físicos eram às vezes arriscados. Caminhar sobre uma trave, eventualmente colocada beeeem alto, por exemplo, era quase impossível para quem como eu, sem ninguém saber, tinha nascido com um problema que lhe dificultava um equilíbrio mais preciso.

Eu treinava em casa, no pátio, nas beiradinhas de alguns canteiros do jardim ou da horta, muretinhas muito baixas, que me deixavam mais confiante, mas não mais bem-sucedida.

Mais tarde eu aprenderia que na vida também andamos em círculos, ou às tontas, ou afundando, ou voando, ou, mais vezes, precisando achar equilíbrio: amo ou detesto? Cumpro ou desobedeço (minha opção preferida quando

as coisas humanas | 185

jovenzinha)? Finjo por cortesia ou sou realista? Sigo meu sonho e fico olhando as nuvens deitada na grama ou vou para o quarto fazer o tema?

Obedeço à mãe e apago a luz do abajur, ou boto um casaco diante da fresta da porta e fico com meus amigos livros até o sono de verdade vencer... quando já se escutavam na rua os cascos dos cavalos da carrocinha do verdureiro, do leiteiro, ou, mais cedo ainda, o incrivelmente consolador canto dos primeiros galos — e eu seguia, mentalmente, os lugares de onde um chamava, outro respondia, mais outro. Os galos eram presenças confortadoras nas minhas longas insônias.

(A mãe, que simplificava tudo e talvez assim me salvasse, dizia: "Criança não tem insônia.")

Tenho pensado nessas opções, que se tornariam muito mais graves e difíceis com o correr do tempo: o que eu imaginava ser a maravilhosa liberdade de ser adulto revelou-se uma série de escolhas, crescer era assumir mais responsabilidades. Mais ou menos me adaptei, e aos trancos e barrancos vim até onde estou hoje, filhos criados, netos amados, nascimentos felizes e mortes difíceis, mais livros escritos do que seria aconselhável, algumas telas pintadas, viagens, experiências, amizades maravilhosas, decepções agudas, calmarias fugazes, enfim, tudo o que cabe numa vida humana.

E quando reviso na memória ainda eficiente alguns momentos desse percurso, vejo quantas vezes precisei, com ou sem sucesso, andar em cima daquela trave dos tempos de escola, ou até de um espantoso arame emocional, daqueles de circo sem rede embaixo.

Muitas vezes fracassei: em algumas, consegui.

Raramente me equilibrei.

Mas sempre que caí, havia o milagre de uma rede embaixo.

54 | O miúdo e o esplêndido

Muito do que lembramos ou vivenciamos hoje é real, aconteceu.

Muito, porém, se desenrola num nevoeiro de lembranças e invenções, sem serem inverdades. Fantasias. Possivelmente sim, pois vivemos muito mais próximos delas do que em geral imaginamos.

Mas nossos sonhos, desejos, vivências e fantasias também nos definem, fazem parte de nós, somos essa parte mental e psíquica também.

Temos muitas fantasias e ilusões, como de que o amor é sempre belo e bom, e construtivo, que amizades são sempre leais e positivas, e inquestionáveis, que a família é um conjunto de pessoas ligadas por sangue ou laços formais, sempre unidos, sempre alegres ou tristes em conjunto: alguém nasceu, alegria, alguém partiu, dor. Ou frases convencionais como trabalho enobrece, se sabemos que o que nos dignifica é trabalho honrado, compensador, pelo menos não humilhante.

Vamos ficar no individual, pessoal.

188 | *lya luft*

Bom que a fantasia continue a ser amiga nossa, para não sermos daqueles seres duros e frios, totalmente sem graça, incapazes de rir, de chorar, de se emocionar mesmo com a mais bela arte.

Era nisso que eu queria chegar: na arte, que seja um texto simples, um drama shakespeariano, um romance de Lygia Fagundes, uma página mágica de Guimarães Rosa, poemas de Rilke ou de Drummond. Uma estátua tão perfeita que nos deixa aturdidos, um filme que nos transporta para outra dimensão, uma música que possa ser designada de sublime. Com ajuda da fantasia, desse véu da imaginação, sutil, palidamente colorido ou eufórico em pinceladas, vivemos um pouco além do nosso próprio cotidiano, geralmente banal — graças aos deuses, ou enlouqueceríamos.

Ninguém merece ou deve viver constantemente uma tragédia grega ou uma ópera fantástica: o dia a dia, o feijão com arroz, o colégio das crianças, a oficina do carro, as contas a pagar, a dor de cabeça, a perna quebrada, o medo do desemprego, ou aluguel alto demais, enfim, essas cotidianas coisas miúdas, que aparentemente nos dispersam e cansam, nos salvam.

Merecemos a rotina das pequenas coisas, ainda que tantas vezes nos pareçam chatas, tediosas, de uma triste monotonia. Elas, essas horas, esses dias e noites, nos preparam para receber o golpe cintilante de uma experiência incomum: o amor esplêndido, a ternura pungente, a tela cheia de surpresas, o texto mágico, as nuvens inacreditáveis, ou simplesmente a sensação, vaga, de que alguma coisa

as coisas humanas | 189

— muito além de nós — nos tocou, agora mesmo, com seu dedo celestial.

Nem tudo é para entender: muita coisa, apenas para sentir e saborear. E isso, também, é para alguns eleitos. Por serem melhores que os demais, não. Por serem capazes de abrir olhos, ouvidos e alma, e perceberem o que há além, atrás e acima do feijão, do pão, do pneu furado, da mulher mal-humorada ou do marido distante, até do trabalho enfadonho de montar as mesmas peças ou bater os mesmos pregos.

Basta não ter medo do que parece excessivo, extraordinário: todos o merecemos.

55 | *Aqueles morros azuis*

Há um tempo, ou um dia — às vezes dias — em que a gente pensa ter dito tudo, escrito tudo, lido todas as coisas boas e belas ou loucas e mortais: "Nunca mais vou escrever nada."

Pensei nisso várias vezes na vida.

Mas de repente me dava conta de que eu nasci ao menos para isso: para falar, sobretudo por escrito, com esses tantos leitores que pelo país afora, alguns no exterior, nos lugares mais improváveis, leem o que escrevo. Por mais cansativo, repetitivo, chato quem sabe, sempre alguém em alguma parte vai ler, vai se recostar na poltrona ou sofá ou cadeira da cozinha, e pensar: "Parece que ela escreveu pra mim."

Isso, acreditem, mesmo que eu nunca venha a saber, é o que faz a escrita valer a pena.

E sempre surgem ideias, ou devaneios (que são ideias diluídas, ideias com nevoeiro), e sentimentos que a gente quer partilhar com esse em geral desconhecido amigo imaginário (no meu caso, já falei nisso), o leitor. Por que fazemos isso, por que escrevemos?

as coisas humanas | 191

Já li e escutei respostas variadíssimas: "Porque se não escrevo eu morro, eu enlouqueço, porque quero ser amada, porque me sinto menos sozinha", enfim, uma listona de respostas dos mais diversos autores e autoras. Mas, no fundo bem fundo do fundo da chamada alma humana, deve ser bom mesmo quando se nasceu pra isso. Como em qualquer profissão, de cozinheiro a enfermeiro, a médico, a astronauta, a jardineiro, a professor... E como sabemos?

No meu caso, porque talvez seja a única coisa que faço direito. Pode nem ser uma boa literatura, mas me dá alegria, contentamento, paz, muito mais do que dúvidas e angústia. E porque me deu esse monte de leitores, que chamo meus amigos imaginários.

E, porque se uma só pessoa no mundo ou aqui do lado disser que isso lhe fez bem, então valeu a pena uma existência inteira escrevendo.

Mesmo nesta época de tal penúria cultural, com livrarias fechando, editoras reduzindo pessoal e publicações, todos assustados e inseguros, vale a pena. Ou, apenas, é o que eu faço. Em livro, e em colunas de jornal, que escrevo desde bem jovenzinha. Como escrevia um diário, e poemas esquisitos aos onze anos, falando em Deus, ou mencionando os belos olhos do menino mais bonito da escola, que nem sabia da minha existência. Livros sempre foram meus grandes companheiros.

Gosto de ficar quieta, sobretudo quando dolorida como ando há tempos, sabendo que o mundo continua, as pessoas amadas estão perto, o parceiro chega daqui a pouco, mas neste momento estamos no meu círculo mais íntimo, meio secreto, o livro e eu.

Ou meu colega escritor e eu.

Esta aqui tentando adivinhar o que o outro quis dizer com essa frase, essa palavra, esse ponto, esse espaço — porque às vezes espaços e entrelinhas contêm a verdade ou a ilusão que o autor alimentava, a esperança que buscava, a alegria ou dor que sentia.

Para quem gosta de gente, então, escrever e ler são das coisas boas de se existir: isso não exige juventude, beleza, agilidade, dinheiro, mas simplesmente interesse em ir descobrindo (ou jamais descobrir) o que o outro, ao fazer esse texto, buscava transmitir para um futuro leitor, seu parceiro sem rosto, sem nome, mas aberto e comovido: nós, eu.

E se algum dia todos me abandonassem, tudo ao meu redor se esfarelasse, nada do que amei existisse mais, eu ainda teria — com o dom do pensamento vivo — as minhas amadas palavras para fazer ramos como de flor, balanços como de vento, alegrias como de eterna criança, ou lamentos e uivos de quem perdeu alguém muitíssimo amado.

Mas, para quem soubesse ver, sempre haveria criaturas, e coisas, fascinantes, esquivas, maravilhosas, correndo por aqueles morros azuis que rodeavam a cidade onde vivi.

as coisas humanas | 193

56 | Nós, os contemporâneos

Nós, esses contemporâneos, temos, ao lado dos líderes bem-intencionados — os que escutam sua gente e buscam atender às suas necessidades —, aqueles que visam o interesse próprio, fortuna e poder sempre maiores.

Desânimo e desalento se instalam: expressões como *cansei, não adianta mesmo* ocupam grande espaço em nosso vocabulário.

Não acho que tudo tenha piorado. Nunca fui saudosista. Prefiro a comunicação imediata pela internet a cartas que levavam meses. Gosto mais de trabalhar no computador do que de usar a velha máquina de escrever (que tinha lá seu charme). Nossa qualidade de vida melhorou em muitas coisas, mas — em muitas partes deste mundo — saúde, estradas, moradia, saneamento, universidades e escolas estão cada vez mais deterioradas, e uma parcela vasta da humanidade ainda vive em nível de miséria.

São as contradições inacreditáveis de um sistema onde cosmólogos investigam espaços insuspeitados, cada dia trazendo revelações intrigantes que remetem a mais pesquisas, mas ainda sofre e morre gente nos corredores de hospitais sobrecarregados, milhões de crianças morrem de fome, outros milhões nunca chegam à escola, ou brincam diante de barracos com barro que não é terra e água, mas água e esgoto.

Enquanto isso existir, seja onde for, somos grandes devedores de toda uma vasta fatia de desvalidos.

Se pareço repetitiva, é mais uma vez intencional. Retorno sempre a temas que me parecem urgentes, sobre os quais me interrogam mais vezes, sobre os quais eu mesma ainda tenho incertezas. Que envolvem antes de mais nada ética, moralidade, confiança. Decência: pois é neles que eu aposto, nos decentes que olham para o outro — que somos todos nós, do gari ao intelectual, da dona de casa à universitária, dos morenos aos louros de olhos azuis.

Estudos recentes sobre história das culturas revelam dados sobre tempos em que a parceria predominou sobre a dominação: entre povos, entre grupos, entre pessoas. Em todos os tipos de relacionamento. O ser humano, que busca o amor, por outro lado anseia pela dominação, marcando as relações internacionais, a convivência entre gêneros, entre pessoas, criando a luta de classes e estimulando preconceitos.

Talvez fosse algo a pensar, e ambicionar, quem sabe construir, essa noção de parceria substituindo a dominação. Dirão que em outras eras o mundo era pequeno, aí tudo ficava fácil.

Respondo que hoje somos bilhões mas os meios de comunicação estreitam o espaço e vencem o tempo. Pessoas

as coisas humanas | 195

queridas que moram em lugares distantes todo dia nos ensinam que longe pode ser perto.

É possível que em algumas décadas, ou mais (quem sabe da velocidade das coisas daqui a alguns dias ou horas?), a miscigenação seja generalizada, superados os conflitos mais agudos, às vezes trágicos. Poucos poderão dizer: meus ascendentes eram africanos, alemães, japoneses, árabes ou italianos ou seja que nacionalidade for, porque teremos uma miscigenação densa de cores, formas, idiomas e culturas.

Origem, dinheiro ou tom de pele vão interessar menos do que caráter e lealdade, a produtividade e competência menos do que a visão de mundo e a abertura para o outro, a máquina importará tanto quanto o sonho, a hostilidade não vai esmagar a esperança, e não teremos de dominar o outro tentando construir uma civilização.

Vai predominar a família humana.

Não creio que seja impossível fazer melhor, com menos derramamento de sangue e desperdício de vidas, sem profanação de culturas nem guerras de preconceito. Como numa casa, ou numa família, em lugar de alfinetadas ou tapas metafóricos ou concretos, seria positivo empurrar pelo mesmo lado a grande pedra da vida.

Coisa de visionária ingênua?

Pode ser. Talvez seja tudo utopia. Mas podemos aprender a ser um pouco mais sábios e aplaudir os parceiros, os que se dão as mãos, não os instigadores de ódio e violência, nem os que ambicionam mais poder a qualquer custo, seja sob que pretexto ou bandeira for.

Parceria não vai nivelar, mas aproximar; parceria em lugar da dominação multiplicará dons e talentos, gerando entusiasmo em lugar de raiva e rancor. Haverá alguma justiça, todos terão oportunidades, e não será preciso enganar, torturar ou explorar alguém para se sair bem nessa batalha. Pois não vai mais ser uma batalha cruel, e sim uma busca conjunta de nos tornarmos uma humanidade melhor num planeta menos maltratado.

Vamos poder olhar o lado bom da vida em vez de cuspir no vizinho; tentar entender o patrão ou o pai em vez de confrontá-los cheios de suspeitas.

Nunca seremos anjos bocejando de tédio, mas seres menos imaturos, menos ignorantes. Menos raivosos porque mais firmes. O inseguro quer dominar o outro por medo. O homem que grita, pisa forte, é autoritário e desconsiderado em casa, a mulher que por ardis tenta controlar sua família, o filho que afronta os adultos, esquecendo afeto e respeito, são inseguros. O povo ou país que precisa esmagar o outro não amadureceu: ainda é, mesmo que disfarçadamente, uma tribo primitiva.

Nós, homens e mulheres de hoje, temos muito a decifrar nessa nebulosa de desafios que nos envolve. De conflito em conflito, de falha em falha, mas aprendendo que ter esperança e trabalhar por ela é o nosso principal ofício.

(Não o mais fácil.)

as coisas humanas | 197

57 | *Falando da vida*

Perguntam por que escrevo tanto sobre a morte.

É mesmo?, indago por minha vez, surpresa. Respondo que, quando falo da morte, estou falando da vida. E não foi resposta literária.

Certamente ao escrever me envolvo com alguns objetos de minha fascinação, talvez obsessão: a vida, os amores, encontros e desencontros, os desvãos disso que se chama alma humana. E, sobrepairando a tudo com seu olho de espreita, o incompreensível e imponderável fim, que nos determina pois dá valor à nossa vida.

No fim da adolescência, por circunstância e acaso tive meu primeiro real encontro com a visitante que chamavam morte. Fiquei mais de uma hora junto de uma de minhas avós, que tinha morrido durante o sono. Fomos chamados de madrugada, e na correria para tomar providências sobrei eu para lhe fazer companhia.

Não queriam que eu ficasse, mas achei esquisito deixar sozinha, mesmo por um momento, essa que cuidara de mim quando criança, preparara tantas xícaras de chocolate, fizera tantos bolos, contara tantas histórias naquele mesmo quarto para eu dormir.

Então, fiquei. Primeiro, junto da janela. Mais do que medo, senti curiosidade: tudo parecia tão novo e estava tão diverso, embora o quarto me fosse muito familiar com sua cama torneada, o toucador com os velhos objetos, o cheiro de água de colônia, e vagamente de coisa seca e fanada.

Criando coragem, saí de junto da janela e fui me sentar ao pé da cama. Minha avó, ou o que restava dela, deitava-se ali em uma grande ausência.

Aos poucos foi como se eu a visse pela primeira vez. Tomei-me de um novo amor por ela, imaginando a menina de cabelos claros e crespos que levava para lavar no riacho as roupas de sua família; pensei na moça audaciosa de perfil um pouco arrogante e firme olhar azul, no retrato que hoje está junto de minha mesa de trabalho; tentei reconstruir em mim sua existência de afetos e trabalhos.

Pela primeira vez assim juntas, eu na minha vida e ela na sua morte, fomos cúmplices. Sem a irritação que às vezes ela me causava quando eu era pequena, como tantas vezes mães e avós fazem, porque precisam cuidar e educar — o que é a parte pior do amor.

Nunca mais tive medo dos mortos nem os achei estranhos. Pena que a gente não compreenda nem aprenda muito com nossas experiências importantes: estamos empacotados e rotulados nesses volumes de gente indiferenciada que se empilham nas casas, nos edifícios, nos automóveis.

Não foi na morte que mais pensei, naquele quarto de paredes altas, enfeitadas bem em cima por uma ramagem

as coisas humanas | *199*

de rosas e os inevitáveis espinhos. Refleti sobre o que talvez tenha se tornado uma de minhas obsessões: como vivemos ou deixamos que se desperdice o tempo que nos é dado. O tempo da vida, que um dia será encerrado de modo irreversível e irrevogável, com tudo o que fizemos e deixamos de fazer até a hora daquela enigmática visita.

Do nosso primeiro olhar, ao chamado último suspiro.

58 | *O susto nosso de cada dia*

Com ingênua arrogância eu muitas vezes disse que a esta altura pouca coisa me assusta.

Mas é da boca para fora: na verdade fico assombrada com parte do que vejo, assisto, leio ou me contam. Uma delas é o desplante com que as coisas se passam neste país no terreno da chamada coisa pública (a *res publica*). Mas não quero falar aqui em política, assunto em que gastei ou desperdicei as teclas deste computador anos a fio.

Vamos falar na educação, ou nos bons modos, cuja falta me impressiona: há poucos dias uma jornalista amiga minha foi assediada, insultada, xingada e quase fisicamente agredida num avião, por um grupo que não vale a pena nomear. Conversei com ela mais vezes depois disso, e contei que um de meus filhos comentou comigo no almoço: "Mãe, se fosse contigo, o que farias?" Respondi, mais de gaiatice do que convencida: "Ou eu ia chorar, ou me levantar, mandar todos se ferrarem, e, velha, grandona e de bengala como sou, quem sabe ficariam quietos."

as coisas humanas | 201

A resposta de minha amiga quando lhe escrevi isso foi bem dela: "Lya, só você pra me fazer rir agora."

Ideias não se divulgam com violência e baixaria. Mas, dizia meu velho pai, "cada um dá o que tem".

Me intriga muitas vezes a "naturalidade" com que queremos impingir, em algumas escolas e lugares, a chamada educação sexual para crianças e adolescentezinhos. Em alguns casos, só falta uma aulinha prática na frente dos alunos e alunas. Em lugar dessa ênfase um pouco frenética e fanática num assunto que deveria ser levado com naturalidade e discrição, seria bom prevenirmos todos contra excessos, bebida, drogas, experimentos em bares ou festinhas "inocentes".

Desinformados do que é importante, correm graves riscos em idade precoce. Mas insistimos em sexualizar nossas crianças, inclusive vestindo algumas meninas como sadomasoquistas ou garotas de programa, quando mal conseguem caminhar com suas perninhas magras em sapatos de salto que mais conviriam à mãe.

Por que essa obsessão pelo corpo, muito além do sensato e saudável, como se só os magros fossem sucesso, enquanto os inteligentes, brilhantes, boa gente, esforçados, legais e amigos não tivessem vez, como se a vida e a beleza se resumissem a uma competição de músculos e ossos? Por que não abrimos a cabeça de nossa meninada, dos jovens, para o bom, o belo, o interessante, o intrigante que há neste mundo de Deus (ou dos deuses, como queiram)?

Ou os deixaremos abobalhados, monopensantes e — segundo um excelente livro que estou terminando (*Anti-*

202 | *lya luft*

frágil, de Nassim Taleb) — dominados pelo que ele chama *neomania*: isto é, sempre o novo, o mais novo, o novíssimo. O celular do mês, a moda da semana, o filme do dia, a comida chique, a ansiedade da experiência do minuto.

Um celular normal pode ser perfeito, sem comprar aparelho novo a cada tantas semanas; o filme que me agrada pode ser melhor do que aquele que a turma viu sem entender; o jeito de andar, de vestir, de namorar ou de ficar sozinho é ótimo como cada um gosta e pratica. Triste é viver apenas segundo as receitas que nos são apresentadas todo dia em letreiros garrafais ou luminosos cintilantes.

Eu me entristeço com a perda de tempo, de energia, de alegria, de parceria, de amor, de beleza e de sonho, que vem de viver com óculos de visão torta.

E o conforto mortal do pensamento de manada.

59 | *Afetos e projetos*

Essa é uma conhecida expressão minha, em conversas, artigos, palestras sobre coisas que a gente tem à disposição mas ignora — e ainda por cima se lamenta.

Certa vez, falando para um público bastante grande, na primeira fila levantou-se uma senhora de uns oitenta anos, olhos alertas, e, quase com dedo em riste, me disse como se eu fosse culpada: "Como a senhora quer que eu tenha afetos? Não tive filhos, sou viúva, quase todas as minhas amigas morreram. Como posso ter afetos? Um cachorro, um gato?"

E acrescentou já bem zangada: "E projetos? Pior ainda. Tenho mais de oitenta anos. Caminho com certa dificuldade (apontou a bengala), e já vivi muito. Que projeto posso ter?"

Estava de verdade indignada comigo. Respirei fundo, quase arrependida, mas respondi honestamente:

Vou lhe dizer aquilo em que acredito, e que sei por experiência própria. Não funciona igual para todo mundo, mas em geral dá certo, dentro da realidade de cada um.

Afeto: além de um bichinho de estimação, que se a senhora não tiver é boa ideia, não há vizinhos em seu edifício a quem cumprimentar com simpatia no elevador, puxar uma conversinha, inventar aquele velho pedido de uma xícara de açúcar para iniciar uma relação? No mercado, na quitanda, mesmo que não sejam amizades, a senhora não tenta conversar? Ligar para a amiga doente, ligar para um sobrinho e convidar para um café, coisas desse tipo?

O mundo em geral não vem até a gente: nós temos de buscar, com tranquilidade e coração aberto. Porque desespero, como no tempo dos namoros, espanta os outros.

Projetos... bom, o primeiro tem de ser não se queixar, combater com unhas e dentes a amargura que ronda tantas vezes. Não cobrar nada, nem da vida, nem dos outros. A pessoa pode não viajar mais para a Europa, nem se interessar por uma praia no Caribe ou um diploma de Direito (e por que não?), mas pode frequentar um curso interessante, um atelier de pintura. Ir a um cinema. Visitar uma livraria é um bom passeio sempre.

Não imaginar projetos grandiosos, mas, até, como eu certa vez fiz tentando sobreviver a uma tragédia, mudar de lugar a poltrona para enxergar, em vez da parede do vizinho, um pôr do sol. Fazer trabalho voluntário pode ser extraordinariamente renovador: ser útil, em lugar de se sentir vítima. (Ela começava a me olhar com simpatia.)

Além do mais, é talvez tempo de curtir uma coisa que quando mais jovem a senhora não tinha, eu não tinha: ócio.

Curtir não ter tantos horários, agitação, obrigações. Ficar quieta com suas belas memórias (feliz de ter tido

as coisas humanas | 205

tudo aquilo), um trabalho manual, um bom livro, sabendo que não vai ter de levantar correndo daqui a uns minutos para atender alguém. Nós esquecemos como o ócio, sem depressão, mas bem entendido, pode ser renovador, até curativo. Temos o vício da atividade e do trabalho, lazer sendo irmão da preguiça.

Aliás, por que alguma vez não se permitir ser preguiçoso?

No fim da palestra, hora dos autógrafos, ela se aproximou de mim, risonha, me abraçou, me chamou de "filha", e disse: "É, penso que às vezes eu sou meio chata..."

De repente éramos velhas amigas. E eu me achei o máximo.

O que às vezes é bem bom.

206 | *lya luft*

60 | *Maternidades*

"Você está escrevendo sobre maternidade? Assunto mais banal do mundo. Como felicidade."

Nem todo mundo quer nos entusiasmar. Aceitei a crítica, todos têm esse direito. E talvez o assunto esteja esgotado em termos literários. Ainda haverá o que escrever em poemas, crônicas, romances e contos sobre essa experiência transformadora e inigualável, para algumas deslumbrante, para outras apenas inconveniente, assustadora ou trágica? Haverá ainda algo que não se conseguiu descrever em todos os livros do mundo?

Por outro lado, é inesgotável, complexa, intrincada e surpreendente sempre, essa experiência tão diferente para cada uma, que pode ir de êxtase e euforia para amargura, que tem sido objeto de milhares e milhares de esforços para a reproduzir em frases faladas, escritas, cantadas, por toda parte — talvez desde sempre.

Na vida dita normal (sem discutir o que é isso), nas relações amorosas, entre as quais a de mãe e filhos se inclui, claro, nem tudo é dramático e transcendental. Quase

as coisas humanas | 207

sempre fica entre aquele curativo e beijo na hora do joelho esfolado, noites sem dormir junto da criança doente, colo na hora do coração partido, risadas juntas nas aventuras cotidianas, segredinhos bem guardados, olhar vigilante procurando não intervir nem aborrecer, amor desmedido querendo não oprimir.

Mais a chatice inevitável: "Bota o casaquinho, não fala de boca cheia, não bata no seu irmão, respeita os outros, volta cedo, olha com quem anda saindo, se cuidaaaa!!!" O mais difícil: corrigir sem humilhar, proteger sem enfraquecer, estimular sem iludir. (E ainda tem aquela culpa obtusa que nos assalta mesmo se o filho quebra o pé escalando o Everest: por que não cuidei dele?)

Assistir (discretamente) aos voos que se podem divisar, no resto rezando e torcendo, e sendo otimista: a cria vai dar certo, seja lá o que isso significa. Não vai quebrar demais as asas e a cara, não vai sofrer demais, vai ser um ser humano decente e bom, e bem-sucedido nas suas escolhas, seja de profissão, de parceiro, de modo de vida. A gente recebendo um telefonema, um Whats, uma visitinha, pra se certificar de que afinal está tudo bem — e ficar feliz da vida.

Mas há as maternidades atormentadas: filho doente, filho viciado, filho perseguido, filho acidentado, assassinado, filho fazendo escolhas negativas, filho precisando de coisas que não se pode dar porque o dinheiro não chega, enfim, filho sumido no mundo ou na morte. Isso, não há palavras que expliquem, então sobre isso me calo, por profundo respeito.

Termino com minha tripla experiência de maternidade: alívio da dor, euforia e assombro. Cada vez que de mim saiu um ser humano, uma pessoazinha — e cada vez pensei e disse em voz alta, sem querer: "Mais uma pessoa no mundo."

Isso me impressiona e comove até hoje: cada um é uma pessoa, com sua personalidade, suas decisões, sua vida, sua morte.

Pouco vou poder interferir.

Procurar não estorvar já é difícil.

Mas posso fazer com que saibam que, seja como for, onde, quando, a mãe vai estar sempre do seu lado, muitas vezes sem entender direito, muitas vezes desajeitada, mas, inteiramente, um colo, um abraço, e um amor que nenhuma palavra de nenhum idioma poderia definir.

Pungente, doce, atroz, impotente, mas sempre esse coração alargado, forte e frágil, fera e anjo, querendo salvar, cuidar, e proteger.

E querendo morrer também, quando dramaticamente não consegue isso.

as coisas humanas | 209

61 | *Estrelas para os humanos*

Desde que o conheci em televisão, eu acho, tive admiração por ele.

Nada entendo de física, nem de nenhuma das chamadas matérias ou ciências exatas. Nisso minha pobreza mental é quase absoluta, e, se não cuido, erro na calculadora.

Meu território sempre foram palavras, espaços brancos, silêncios ou falas.

Mas eu admirava a tenacidade de Stephen Hawking, seus dois casamentos, seus filhos, sua vontade de viver, e acima de tudo seu humor.

Dizem algumas matérias de tevê que sua segunda mulher, uma enfermeira, o maltratava fisicamente, até que a filha dele denunciou, e se separaram. Mas parece que Hawking não a quis processar. Essa breve notícia, de que eu não sabia nem tenho provas, me levou a pensar mais uma vez em como somos todos uns pobres diabos, mesmo sendo maravilhosos como ele.

O filme me comoveu, muitíssimo. Suas apresentações públicas eram igualmente impactantes, aquele morceguinho encolhido, torto, deformado e cada vez de rosto mais feio, exalando tanto brilho, tanta humanidade ("olhem as estrelas, não seus próprios pés"), e afetividade: "O espaço infinito é fascinante, mas o melhor nele são as pessoas amadas."

E nós, que tão facilmente nos queixamos da vida, bem que podemos pensar nesse quase miraculoso cientista com suas dificuldades, para nos sentirmos uns felizardos. Tempos atrás conheci uma pessoa que dizia: "Quando a gente se queixa muito, vale a pena parar e refletir: é tragédia ou chateação, isso de que me queixo? Noventa por cento das vezes é apenas chateação." Grande verdade. Aplico para mim mesma, muitas vezes.

Pois Hawking viveu fisicamente uma tragédia quase inacreditável, sustentado pelo facho de luz de sua mente, e de seus sentimentos, sua força interior, sua crença na vida, certamente o afeto de mulheres, filhos, colegas, discípulos e amigos.

De todas as coisas divertidas que me fizeram gostar ainda mais dele, nesses dias, esteve o diálogo incrível com jornalistas que lhe perguntaram:

"Professor, nesse fascinante espaço infinito que o senhor tanto estuda e desvenda, o que o deixa mais intrigado?"

A resposta dele foi rápida, espontânea, daquelas de deixar boquiabertos e mudos a todos nós que, tantas vezes mal-humorados, rabugentos ou pretensiosos, certamente procuraríamos algo devastadoramente inteligente para dizer.

Mas ele disse: "As mulheres."

as coisas humanas | *211*

Não sei se, singrando agora esses espaços, ele encontrará alguma figura feminina que o fascine, intrigue, apaixone. Vênus, a Lua, ou alguma dessas constelações com nomes lindos como Andrômeda e Cassiopeia. Mais provavelmente, coisas muito mais incríveis, que ele estará agora mesmo curtindo.

Nós, os normaizinhos, com nosso corpo saudável e mente embotada, nos matamos no trânsito, nas discórdias de família e amigos, nas chatices de trabalho, na nossa própria incapacidade de apreciar mais intensamente o bom, o belo, o amoroso, o misterioso, que nos cercam.

Que enxergaremos quando, em lugar de fixar no chão nossos olhos como crianças emburradas, começarmos a contemplar estrelas.

62 | *Fala da casa inventada*

Aquele biombo.

Nem alto nem baixo, nem sólido nem rendado, claro ou escuro. Apenas biombo. Que quase ninguém percebe, atrás do qual poucos espiam. Não se interessam, ou sentem algum receio. Porque as coisas escondidas podem ser perigosas.

Além dele, abre-se o espaço do silêncio. Esse, temido por tantos, desejado por alguns, aproveitado por poucos. Primeiro, aquele silêncio que surpreende como quando a gente entra numa sala e todo mundo está falando alto, assuntos diferentes, tevê ligada com volume espantoso, alguém rindo, criança chorando, cachorrinho latindo (quem sabe um gato miando). E a gente pede: "Pelo amor de Deus, podem baixar esse volume?"

Todos se calam, nos olham, alguém desliga a tevê, e imediatamente todos, todos, suspiram.

Que alívio, o silêncio.

Nele se desenrola o reino em que podemos escutar a nossa própria voz, ou as vozes de dentro: que nos encantam,

as coisas humanas | 213

nos assustam, nos atordoam, das quais queremos beber o segredo ou fugir em disparada.

Mas, com medo dele — porque nos faria escutar a nossa própria voz ou os ecos do nosso vazio interior —, nos rodeamos de ruídos. E por medo da quietude nos ocupamos com tarefas em geral inúteis. Temos sempre de fazer tantas coisas, e tomar tantas providências, que, se passadas por um filtro de bom senso, seriam reduzidas a menos da metade. O resto seria reservado para descansar, ver algo bonito ou bom, ler, conversar, olhar a natureza, relaxar, ser mais feliz.

A gente não consegue, e sai correndo atrás do próximo trem, o próximo avião, o próximo encontro, o melhor restaurante, a obrigação mais desafiadora, pois temos de ser competitivos.

(Enquanto a gente corre, as velhinhas que tricotam dentro dos relógios não param um segundo sequer, as agulhas do tempo tecendo, tecendo... Ah, o tempo.)

O tempo no silêncio fica tão diferente. Eu, a quem chamaram desde sempre preguiçosa e amante da inércia, preciso de sossego: nele vislumbro paisagens incríveis, nuvens assombrosas, as pedras, o mar. As pessoas. Gosto do silêncio. Ali ouço coisas fascinantes que não consigo traduzir em palavras, eu que sou uma mulher das palavras. Músicas, harmonias, toda espécie de sons ou dessa ausência de sons que também ressoa.

Mas preciso que perto estejam as vozes amadas, em alguma parte um barulho de chuva, e sempre, ainda que longe, o rumor do mar. Assim como nos espelhos permanecem as figuras que um dia ali se refletiram, acredito que guardamos no nosso silêncio a memória de todas as vozes ouvidas: amorosas e sábias, cretinas ou hostis. As vozes do mundo.

E a nossa voz perguntando baixinho:

"Afinal, o que é tudo isso que chamamos vida — e o que estou fazendo com a minha?"

as coisas humanas | 215

63 | *Essa amante chamada esperança*

Talvez a gente goste um pouquinho de sofrer: tão mais fácil, ser vítima.

Um pouquinho, quem sabe. Quem sabe há em todos nós, mesmo o mais bonachão ou boa-vida, um carrasco à espreita; uma sinistra ave de mau-agouro no ombro: não seja tão alegre, não fique tão feliz, olha as sombras à espera, olha o sofrimento ali na esquina, olha a traição, a falsidade, a doença, e... a morte, fim de tudo para os mais pessimistas.

Difícil sentir-se bem sem aquele laivo meio secreto de culpa: o outro, pai, irmão, amigo, os torturados, massacrados, infernizados, abandonados, violentados, carneados como animais... sempre tem gente sofrendo muito, e eu aqui todo contente?

Não pode, não.

Então mesmo no mais doce dos momentos, das noites, dos dias, mesmo em encontros de família sem briga, sem críticas, sem rancor, daquelas de encher o coração e a alma, a gente lembra ruindades. Adora dar aquela notícia péssima.

216 | *lya luft*

Não merecemos ser mais felizes — seja lá o que isso significa para cada um? Não devemos rir, dançar, beber nosso honesto espumante, comer doces e chocolates, porque podemos acordar alguns gramas mais pesados?

Até ajoelhar no milho ou nos caquinhos de vidro, às vezes a gente ajoelha, e muito a sério. Nada melhor pra liquidar com a esperança e a alegria, perturbar o riso e o amor. Tantos propósitos, em tantos anos, e quais realmente cumprimos? Tomara que tenham sido esses ligados ao convívio com as pessoas: menos rancor, menos autoritarismo, menos egoísmo e críticas, menos rispidez, mais tolerância, mais atenção, mais afeto.

Mais interesse na mulher ou no marido — mesmo depois de vinte anos de casados... mais proximidade com os filhos, ainda que já sejam quase barbados. Mais tolerância com os colegas, mesmo os menos iluminados ou mais sacanas. Mais gentileza com os funcionários ou subalternos, mais respeito com professores, mais amor com os pais ainda que impliquem — porque uma das funções chatas de ser pai e mãe (além de todas as delícias que isso representa) é tentar encaminhar, orientar, proteger, chatice pura mas necessária. Que tem de ser equilibrada com muita prudência e humor, para não esmagar, não infantilizar, não declarar que são incapazes.

Muitas vezes, nos remotos tempos de professora numa faculdade, eu dizia aos meus alunos: "vocês são melhores, mais inteligentes e capazes, do que eu, a universidade, a sociedade e a família os fazem pensar que são." E eu acreditava, e acredito mesmo nisso.

Que a gente tenha menos propósitos hiperbólicos e impossíveis de cumprir, demais difíceis ou absurdos, e cultive

as coisas humanas | 217

mais pequenos desejos bem humanos, como ser mais gentil, mais respeitoso, mais aberto, mais delicado — até consigo mesmo.

Até que de repente todas essas ideias, essas palavras, conceitos, essa boa vontade, esse milho, esse vidro, se revelam uma enorme bobagem: porque algo muito mais terrível baixou sobre nós o seu machado. E chegou o tempo da verdade sem enfeites, dos dias sombrios, as perdas dramáticas, as crises, a loucura espiando, a dor sem limite algum, só dormir sem sonhar?

Às vezes a gente tem de se pegar um pouco no colo, me disseram um dia. Eram dias muito difíceis aqueles. Até deixar que os outros nos mimem fica difícil, somos como descorticados, os sem pele, a quem a mais leve brisa queima como um fogo mau.

Mas você vai ver que um dia as coisas melhoram, nos dizem. Porque há que ter esperança. Esperança de quê?, perguntei cheia de amargura. Depois entendi que não tem muita importância esse o quê. Qualquer coisa. Como acreditar em alguma coisa. E mais um dia, e outro dia, e de repente a vida retoma algum ritmo.

Sem isso não vale a pena abrir os olhos, levantar da cama, escovar os dentes, dar bom-dia aos da casa, tomar o café.

Nem sequer respirar.

64 | *Beleza e paciência*

"Quando tudo dá certo, a gente diz 'Beleza!'. Quando dá errado, se diz 'Paciência!'."

Como tantas dessas frases soltas na rede social, essa me pareceu divertida e verdadeira. Outras muitíssimas são bem tolas, sem fundamento, preconceituosas, ou ainda arrastam depois de muito tempo, um tempo desnecessário, as disputas e insultos políticos.

Sim, quando dá certo a gente fica tranquilo, ou eufórico, dá graças a Deus (um amigo médico reclamou: "Agradecem a Deus, está certo, mas e nós médicos, em geral só nos citam em participações fúnebres"). Há quem agradeça, mas enfim... Deus ajudou, quando nos salvamos, Deus quis quando alguém amado morre. Somos simplistas talvez para aguentar a montanha-russa da vida.

Sempre tive pouca paciência, sobretudo para aprender coisas. Porque eu não queria ter de aprender, queria saber logo.

Fui uma estudante esquisita, eu acho, sabendo muita coisa porque lia loucamente, e ignorando outras, básicas,

as coisas humanas | 219

por falta de capacidade ou paciência para me concentrar. O bom professor de matemática que me deu aulas particulares anos a fio certo dia disse a meu pai, constrangido: "Doutor Arthur, a sua filha é muito inteligente, mas comigo não aprende mesmo. Eu explico, explico, ela fica me olhando com aquele jeito meio distraído, e vejo que, de verdade... não entendeu nada."

Sonhadora e preguiçosa, eu não queria saber quantos metros de trilhos tantos operários fariam em tantas horas, ou quantas maçãs caberiam num cesto se... Ali não valiam nem "beleza" nem "paciência".

Escrevi mais de uma vez sobre a minha paixão inata pelas palavras. Vai daí que também implico com algumas.

Eu sei que língua é um ser vivo, que se modifica segundo fato social que é, e que isso independe, em geral, da atuação de uma ou mais pessoas. Possivelmente, nas gírias diversas, alguma celebridade usando um termo ou interjeição, ou mesmo gesto (que é linguagem), vai criar uma momentânea onda de imitadores. Logo passa. Mas a língua em si, essa fascinante criatura viva, bela e atroz, poética e cruel, ou inócua e obtusa, merecia ser dispensada dessa invasão de feminicídios e empoderamentos, e mais outros da sua turma. Implicância minha, impaciência?

Provavelmente.

Ainda bem que, sendo ela um ser vivo e livre, não precisa da minha simpatia ou implicância para continuar. Dela me alimento como dos amores, com ela vou tecendo minha vida, pois tudo se reveste dela, a linguagem. A dos sinais; dos gestos; do olhar; de um breve bater de pálpebra;

de um levíssimo virar o rosto, ou mover os lábios sem falar... de um olhar que fuzila com ódio, outro que se esconde atrás das lágrimas, da mágoa, da solidão.

Tudo resulta nessa que crio no computador, compondo frases, pensamentos, que como almas vivas vão procurar o braço, o ombro, o colo desse que agora, aqui, está lendo o que escrevo... com paciência, talvez encontrando alguma beleza nisto.

65 | O coração do enigma: jovens suicidas

Estava uma manhã brilhante e clara.

Olhei a paisagem enquanto tomava meu café, vi algumas notícias de jornal e tevê porque isso é um de meus vícios, vim ligar este computador porque tenho trabalho.

Telefone: a notícia do suicídio de mais uma pessoa jovem pousa no meu ombro como uma ave noturna pesada e feia.

Há alguns anos comecei um romance (*O quarto fechado*) com uma cena que nasceu lá dos cantos retorcidos do meu coração: pai e mãe sentados dos dois lados do caixão do filho adolescente morto. Toda a trama do livro parte desse momento, e acho que com ele termina. Não sei mais por que me ocorreu, nunca vi cena igual, mas tudo que lemos, sonhamos, vivemos, nos contam se deposita no nosso inconsciente como aquela lamazinha no fundo de um aquário.

Escrever é como mexer ali com um lápis, uma varinha: tudo vem à superfície.

Se a morte é o grande enigma, a morte de jovens é o coração mais escuro desse enigma, ali onde nem o amor alcança. "Gente demais morrendo", queixou-se uma amiga. Acrescentei, "jovens demais morrendo" — por doença, por fatalidades, ou porque namoram, nas drogas, a morte. Lembro das visitas que fiz anos atrás (sim, eu repito coisas) a uma famosa clínica para recuperação de adictos, no interior de São Paulo. Da estrada via-se o que parecia um belo *resort* ou um *spa* (acho que ainda nem usávamos a palavra): colinas, edifício bonito de dois andares, árvores, piscina grande.

À beira dela grupinhos de jovens, biquínis e sungas, guarda-sóis, alguém batucava um samba numa das pontas da piscina, e todos pareciam alegres.

Mais tarde, chegando perto deles, vi poucos olhares atentos: a maioria distantes, parados, ausentes de si mesmos. Vários pulsos com cicatrizes ou ainda curativos. Depoimentos angustiados ou ditos com indiferença: muitos eram assíduos ali, tinham alta e em semanas ou menos estavam de volta. Mesmo lá dentro, sob vigilância que devia ser forte, conseguia-se alguma droga. Fora dali, em casa, uma das meninas me contou que os traficantes jogavam pelotinhas de coca pela sua janela de madrugada.

Sempre saí de lá com uma terrível sensação de desesperança, embora, sei disso, haja os que de verdade se recuperam: agarram aquele touro selvagem pelos chifres, e com tratamento, psiquiatra, família firme, muita sorte — sobretudo vontade de viver e viver melhor — vão em frente sem a fatal muleta da droga (álcool é droga).

as coisas humanas | 223

Alguns deles, me diziam, estavam cansados. Não era por diversão que cortavam os pulsos, saltavam da janela ou se injetavam mais veneno, querendo se aliviar do duríssimo fardo do desalento.

Não nos matamos, não se matam os jovens, apenas por drogas, mas há tantas causas de desespero: alguma perda trágica, um fracasso insuportável, exigências demasiadas da vida, da família, da sociedade ou de si próprio... mas, em geral mesmo, penso que (podem chamar de ingenuidade) seja falta de amor. Amor fundamental, que significa colo, abrigo, escuta, bom senso e limites também... em qualquer situação.

Porém nem isso é simples: "Algumas pessoas nascem mal equipadas para a vida", comentou alguém numa dessas ocasiões, e nunca esqueci. Como se não tivessem pele que as proteja, para elas qualquer brisa é uma dor infinita. Querem sossego, querem alívio, querem morrer. A vida, sim, pode ser trágica para qualquer um, a qualquer momento. Quando a dor é demasiada, fica difícil analisar o sofrimento dos que vão ficar, ou a possibilidade de, horas depois, muita coisa se resolver.

E tristemente nos faz sentir o quanto todo o resto, os mil desastres e dificuldades cotidianos, parece pequeno quando ouvimos pulsar o coração desse enigma: por que tantos jovens se aniquilam.

66 | Os *belos, cálidos dias*

A gente nasce sem querer, numa família não escolhida (ou cada alma escolhe a sua?), com uma bagagem de genes que nem Deus sabe direito no que vão dar — lançados no grande mundo, ainda por cima tendo de desempenhar direito nosso papel.

Que papel?

O que a família exige?

O que a sociedade espera?

O papel que cobramos de nós mesmos enquanto corremos entre acertos e trapalhadas, dor e graça, tateando num nevoeiro de confusões, emoções, razões e desesperos — ou contentamento?

Atores sem preparo, sem roteiro, sem papel e sem alguém que nos sopre nossas falas, nesse palco desmesurado e instável. Se for difícil demais, nos matamos de tristeza, de tédio, de medo, de solidão e vazio, ou por vingança por algo demais cruel. É quando não conseguimos desempenhar papel nenhum: escolheremos então o nada, se é que a morte é nada.

as coisas humanas | 225

Em geral gostamos da vida. Não nos matamos, até nos sentimos bem. Não que eu ache que somos farsantes ou falsos. Apenas fomos aqui plantados, em geral desejados, quase sempre amados, algumas vezes desamados, malcriados e erradamente educados. Abandonados, torturados?

A gente comparece do jeito que dá, desde quando começa a ter consciência — acho que isso também ninguém ainda determinou (o Google não me deu muita certeza): quando começa a consciência de existir, e das coisas ao redor?

Minhas memórias se iniciam aos dois anos e pouco, deitada no assoalho claro da casa, espiando embaixo de um móvel grande e escuro, admirando bolinhas de poeira que dançavam segundo minha respiração: para mim, eram seres vivos. Ou sentada no assoalho da casa da avó que costurava, eu espiando alfinetes cintilantes entre as frestas das tábuas.

Tudo era mágico naquele tempo, tudo para mim era personagem: folha, flor, formiga, abelha, borboleta, passarinho, um brilho sutil numa fresta, as nuvens, as pessoas, o ruído de meu pai dando corda no relógio no seu escritório, do outro lado da parede de meu quarto.

Mas a vida se impõe, com chamados, deveres, conselhos, promessas, agrados, punições por mais brandas que fossem: havia uma ordem em tudo. E a gente tinha de se adaptar, para que os castigos nada cruéis não fossem mais numerosos do que as alegrias. Na verdade, os castigos eram poucos, quase bobos, mas eu me assustava: alguma coisa chamada "des-ordem" existia, eu me enredava com ela.

Todo mundo devia ser calmo, acomodado, pressuroso, obediente, não lembro mais todas as qualidades que nos faziam boas meninas e bons meninos naquele tempo quase remoto.

E as perdas: amados e amigos se vão, jovens ou já velhos, a gente soltando pedaços. Ou os afetos simplesmente empalideceram. Mas há os que chegam: maravilhosamente chegam filhos, netos, novos amigos, velhos amigos permanecem, os livros, os filmes, os quadros, as músicas, a montanha, o mar, as horas de encantamento, as viagens — e voltar para casa, doce "zona de conforto".

Acolhimento no quarto, nos lençóis, o abajur de luz discreta: apagar, devanear, escorregar para o sono ou curtir uma noite de insônia desesperadora. A segurança dentro do possível neste mundo em que o crime compensa, o cinismo floresce, a autoridade fracassa, a confusão impera, a mediocridade se impõe.

Não é ruim, não é bom: é a vida.

Belos, cálidos dias de primavera. Depois de um inverno escuro, a gente começa a se mover para se recompor. A criaturinha chamada esperança canta no peitoril da minha janela. O diabinho da tristeza, às vezes pousado em meu ombro, se recolhe e acho que vai sumir.

Quem sabe, quem sabe?

67 | Celebrações

Tem a deliciosa história do velho monge medieval que pediu ao mongezinho que o ajudasse a ir até o fundo da imensa biblioteca, pois tinha dificuldade em andar sozinho.

Lá chegando, o velho dispensou o moço, dizendo que ia ficar ali pesquisando algo muito importante. Quando precisasse daria um grito para que o jovem monge, no outro extremo da biblioteca, retornasse. Mas passaram-se duas horas e nada do chamado, de modo que, timidamente, o mongezinho voltou ao fundo da biblioteca, onde encontrou o velhinho batendo a cabeça na parede. "Irmão, o que foi?" "Descobri, só aos noventa anos de idade, que a palavra não era 'celibato', mas 'celebração'." (Em inglês, língua original em que me contaram a história, fica melhor: "celibate" versus "celebrate".)

Com todo respeito, sempre que lembro a fábula eu me divirto enternecidamente.

Lembrei dela nesta semana de celebração, pensando em quantos de nós ainda param para pensar de verdade na Sexta-Feira Santa, que significava tristeza, luto, quase

228 | *Iya Luft*

jejum, só agua e peixe para os mais crentes. Para os menos ou nada crentes, era dia de bolinhos de bacalhau desmanchando na boca, reunião da família. (Os mais atrevidos preparavam no quintal uma carninha assada, para mal-estar de muitos e alegria de outros.)

Na minha remota infância, numa família luterana, a Sexta-Feira Santa era, sob comando de minha avó paterna, a devota avó Olga, amada por todos nós, um dia de luto. Não deveríamos falar alto, correr, brincar — a não ser quietinhos.

Comer pouco (não nos aborreciam para "limpar o prato") e nada que de longe lembrasse carne: nem presunto, nem salsicha, nem galinha. Só um discreto peixe. Sob o olhar de reprovação dela, meu pai ordenava aquela bacalhoada que todos comiam, reverentes.

"Por que a gente tem de ficar triste hoje, vovó?" "Porque é dia em que Jesus Cristo morreu. E no domingo a gente festeja, porque ele ressuscitou." Meu pai, interrogado sobre esses assuntos, respondia diplomaticamente "vai falar com sua avó". Cedo aprendi que algumas coisas era melhor não questionar (em geral mesmo assim eu insistia).

Talvez a gente devesse celebrar mais, em lugar de estarmos sempre nos queixando. Além de Natal, aniversários, casamentos, formaturas, celebrar, por exemplo, de repente a família estar reunida, ou termos encontrado velhos conhecidos. Celebrar, lá no fundo do coração, o fato que parece tão corriqueiro — e não é —, como acordar saudáveis, vidinha meio organizada, manhã ensolarada, ou, para os que preferem como eu, o fantástico rumor da chuva.

as coisas humanas | 229

Celebrar que os amados estão bem, ou razoavelmente bem, apesar das inseguranças no mundo e dos espantosos fatos por aqui. Celebrar a orquídea do ano passado que deu outra vez flores lindas! Celebrar que amigos queridos continuam nossos amigos, então eram amizades verdadeiras.

Celebrar um livro que estamos lendo, uma música sublime (sim, música pode ser sublime), ou as paineiras em flor que se espalham logo ali sobre as outras árvores feito sorvete de morango derretendo neste calor. Celebrar sem grandes luxos, apenas respirando fundo e sentindo-nos bem. Há quem de vez em quando abra sem avisar um espumante com a família para celebrar: "O que a gente está celebrando hoje?" "Nada, ora."

Então celebremos: as datas, as amizades fiéis, os amores bons, a saúde, o sol, a chuva, o trabalho.

Ou simplesmente, no meio de toda a confusão, a inexplicável alegria por coisa nenhuma, que nos faz querer dançar.

68 | *Menina na tempestade*

Lembro muito de mim menina que gostava de tempestade: chuvarada, vendaval, nem perigo nem risco, mas euforia.

Não havia ainda notícias de gente perdendo casas e vidas, colheitas inteiras arrasadas: talvez as notícias não corressem, num tempo sem televisão nem internet.

Dizem que eu muito pequena já contava histórias: cantava, na verdade, me embalçando na rede no terraço atrás da casa, pendurada sobre um jardim enorme, quase um parque. Esse terraço podia também ser um penhasco sobre o mar. A árvore-do-mar rosna, rosna. Os talos de capim roçam uns nos outros com um ciciar de espumas. Aqui e ali rebrilham flores, ou são estrelas-do-mar?

A voz dos sapos fazendo renda para o casamento, o clique-clique da tesoura de podar do jardineiro também corta a língua das crianças mentirosas, a água da torneira no tanque, os passos na escada, o marulho das ramagens ou das algas — tudo infinitamente o mesmo mar. O mar de dentro, de onde nasceu tudo que um dia eu haveria de imaginar, e escrever.

as coisas humanas | *231*

A tempestade é um animal empurrando aquele silêncio à sua frente, atrás na cauda escutam-se pedregulhos arrastados. Árvores e capim ondulam, o rugido baixo é intercalado de frações em que o bicho marinho respira e suspira: aaaahhhhhhhhhhhhhhhhh ffffffffffffffff aaaahhhhhhhhhhhhhh ffffffffffffff...

Um fio apenas separa o agora da catástrofe: lâmina de silêncio tão precisa que entra no corpo e fura a alma de uma menina paralisada de beleza e medo. Ela fecha os olhos e inspira aquele odor — maresia e terra molhada —, ah, engolir tudo aquilo e fazê-lo seu. E *ser* tudo isso, sem limites nem restrições.

Silêncio de se ouvirem as agulhas dos bordados das mulheres dentro de casa.

Então tudo desaba.

O céu se fende, o mar se alteia, as corcovas de água fazem ondular as ramagens. Sensação como de acordar de madrugada sem medo, e ninguém na rua nem na casa, só ela, sozinha — rara felicidade da autonomia sem receio de isolamento e separação.

Tudo oscila sob uma trovoada mais forte, a bola de madeira que São Pedro lança para derrubar estrelas de vidro. Aqui e ali alguém arrasta no céu poltronas eternas; os passos do Velho golpeiam as nuvens.

A esfera de trovões com dois orifícios para seus dedos nodosos rola bamboleando pela pista: estouro, lampejar, raios, um crescendo de roncos e tremores. São Pedro contrariado resmunga e pigarreia, clarões da sua ira lampejam nos cantos do céu.

232 | *lya luft*

Por fim tudo se fragmenta em mil cristais, desce retinindo sobre o jardim, gotas isoladas nas folhas e nas lajes. Depois a chuvarada vem lavar o mundo. De dentro da casa flutua a voz de minha mãe:

— Entra, um raio vai te atingir, entra!

Eu acabava entrando, puxada pelo braço, e soluçava de pena de aquele momento ter acabado.

Eu não sabia ainda o que na madureza aprenderia: que todas as coisas quando acabam são seguidas de outras, que não as substituem, mas também têm seu brilho, sua dor, seu encanto; que a vida não se reduz, mas cresce.

E é em tudo um milagre.

as coisas humanas | 233

69 | *Mulheres & mulheres*

Muito de verdadeiro ou de fantasioso se tem dito e escrito sobre a já cansativa mas nunca exaurida questão da mulher.

Fora as culturas onde mulher vale menos do que um animal de tração, uma das meias-verdades é que ela foi sempre esmagada pelo troglodita brutal, traída pelo sem--vergonha, desprezada pela sociedade cruel. Nem todas. Nem sempre. Basta ler um pouco de história — não a dos livros escolares mas alguma coisa mais bem documenta-da — para ver que em todas as épocas houve mulheres realizadas, influentes política e culturalmente. Talvez não tenham sido maioria — mas homens interessantes também não são a maioria.

É verdade que mulheres sempre causaram desconforto, ou por sua postura vitimal, ou por suspeitas que despertam quando não são bobas. A Igreja queimou milhares como bru-xas, porque conheciam ervas medicinais, por serem parteiras — portanto chegadas ao mistério da vida e da morte —, outras simplesmente porque de alguma forma não se enquadravam.

Acabo de ler uma boa biografia de Joana d'Arc, recheada de documentos comprovando a ignorância, a farsa, a brutalidade com que foi processada e queimada viva pela chamada Mãe Igreja. Tinha menos de vinte anos, a pobre moça que na sua aldeia chamavam de Joaninha.

Pouco depois resolveram mudar tudo, e recentemente até a declararam santa. Histórias da Inquisição são de vomitar: homens, crianças, velhos e velhinhas, tudo era motivo de tortura, sangue e fogueira. Mas as mulheres, ah, essas criaturas que sangram todo mês e não morrem, com orifícios que prometem prazeres inomináveis, certamente têm parte com o Demo, e foram as vítimas preferidas. Antigamente, da Inquisição; agora ainda, em muitos casos, da fogueira do preconceito. (Também preconceito das próprias mulheres, diga-se de passagem.)

Mas é folclore que fomos sempre submissas e sacrificadas: muitas de nossas doces avozinhas dirigiam a família com olho rápido, língua afiada e pulso firme. Mesmo em séculos passados a mãe eventualmente detinha um poder invejável. O marido não raro a consultava no secreto do quarto sobre decisões importantes, nas propriedades rurais ela administrava a casa da cidade, fiscalizava o estudo dos filhos, negociava casamentos, cuidava do dinheiro, enquanto o marido e senhor corria com seus peões pelas vastidões do campo atrás do gado.

Houve e ainda existem as maltratadas, traídas e inferiorizadas. As que não tiveram escolha, submetidas e humilhadas já pela cultura perversa em que nasceram; existem as que se acomodam por interesse, as que se acovardam por

as coisas humanas | 235

infantis — e acabam cobrando alto preço aos que com elas convivem. Quanto à traição masculina, muitas mulheres sabem, fingem ignorar, para assim por sua vez dominar o trapalhão através da culpa, e ao mesmo tempo serem dispensadas do chatíssimo (para elas...) dever conjugal.

"Perdoam" infidelidades maritais, para ter sossego na cama, para não perder o provedor, para manter o status de casada, "para não desmanchar a família" (filhos manipulados como desculpa para coisas atrozes entre os pais).

Não, a mulher não foi sempre ou somente a coitadinha. Muitos homens sofrem com a silenciosa ou eloquente chantagem emocional da mulher de quem não conseguem se separar por culpa, sentimento de responsabilidade, ou mesmo simples fraqueza.

A mulher eterna vítima é um conceito falho e hipócrita. Existem as maltratadas sem saída, as aviltadas sem socorro, as submetidas sem opção. Mas a maioria de nós nem é santa, nem é boazinha, e em lugar de acusar e se queixar pode lutar com determinação por uma vida mais plena — isso dependerá de cada uma, sua personalidade, suas marcas de vida, sua condição familiar, sua informação, sua neurose e sua frustração.

Mulher que dispensa elogios falsos e louvações consoladoras, que não é vítima por essência, que na nossa cultura pode construir sua vida e seu destino e escrever a sua história, com limitações como todos as têm. Talvez pudéssemos começar não nos pensando em primeiro lugar como "mulheres", mas como pessoas — e como pessoas buscar respeito, espaço, trabalho, tranquilidade, alegria e amor. Podendo dizer "não quero casar", "não quero ter filho", ou "quero ter filho sem casar", coisas que fariam desmaiar nossas bisavós.

Masculino e feminino são secundários à essência "ser humano" — e hoje conhecemos e honramos outros gêneros, bissexuais, gays, trans, enfim: todos com direito a vida, amor, respeito.

Fatalmente serão envolvidos e promoverão mais confusões, às vezes saudáveis, nessa velhíssima, provavelmente interminável, e nem sempre bem contada história da guerra dos sexos.

as coisas humanas | *237*

70 | *Audácia e fervor*

Quando crianças, o tempo para nós é sempre "agora": brincar, ter mamãe, com sorte mais carinho do que violência, coisas desse tipo.

Somos imediatistas.

Depois, ainda pequenos, contamos o tempo pelas vezes em que teremos de dormir: "Quantas vezes tenho de dormir até o Natal? Até o aniversário?"

Saindo do limbo da infância, começamos a ter projetos. Precisamos ter projetos. Nos dizem que temos de ter projetos, mais do que desejos ou sonhos, porque estamos ficando "grandes" e precisamos ser responsáveis. Alguns sonhos e desejos podem se transformar em projetos cada vez mais complexos e a mais longo prazo, na medida em que nos tornamos adultos. Com eles chegam as frustrações: eu queria ser rico, acabei remediado, queria ser famoso, sou um anônimo. Eu queria ser médico, acabei taxista. Eu queria ser modelo, virei uma acomodada dona de casa; eu quis viajar o mundo, e só agora, quase na velhice, vou conhecer o Rio.

A frustração tem a medida do desejo que não se realizou, ou da nossa incapacidade de nos adaptarmos ao real — sem perder a capacidade de voar. Não é preciso pisar na Lua para ser bem-sucedido, nem ter um Everest de dólares para se sentir bem na própria pele, isso que eu chamo "ser feliz". Gostar do que conseguimos: fazer caber nossas alegrias nisso que fazemos, desde que não nos humilhe nem degrade.

Por que não posso ser bem-sucedida tendo uma casa simples mas acolhedora e uma família onde, apesar das brigas naturais, nos apoiamos uns aos outros em lugar de criticar?

Por que conduzindo pessoas num táxi não posso fazer bem a elas e sustentar minha gente?

Por que não sendo modelo, mesmo assim não posso me achar bonita, simpática, rica de emoções e coisas boas?

O problema maior é descobrir quem somos, o que desejamos e o que podemos. Ignorar, superar os preconceitos, as regras, as receitas de ser bem-sucedido e feliz.

Mas por que teríamos de ser todos brilhantes e poderosos — não simplesmente contentes com a vida?

Importa sermos decentes, dignos, úteis, amorosos, compassivos, criativos, e capazes de ver — mesmo na correria desta vida moderna — a beleza das nuvens disparando no céu, a dança das copas das árvores ou das ondas do mar quando venta forte. De telefonar para o amigo em dificuldade, dedicar um tempo aos filhos, ou aos pais, escutar o parceiro com carinho, enfim, sermos humanos sem maior complicação.

as coisas humanas | *239*

Para entender quem somos, quem queremos ser, quem podemos ser — não o que os outros, a turma, a sociedade, querem que sejamos — é preciso parar pra pensar. Então este deveria ser nosso heroísmo fundamental: interromper a agitação, um momento que seja, e clarear a paisagem interior, dominando a impaciência e o pessimismo. Enfrentando como podemos a realidade de um país confuso num mundo conturbado, na floresta de enganos em que se desperdiçam bons amores e desejos.

Assim talvez sejam menos dolorosas as inevitáveis frustrações que por toda parte espreitam — porque viver, e conviver, e aceitar-se (não precisamos nos amar delirantemente ignorando o resto, conforme algumas teorias) sem perder a humildade é uma guerrilha pessoal permanente, no cotidiano tantas vezes sem graça.

Que frustra, que alegra, que assombra, que cansa!

Pois exige audácia e fervor — para não funcionarmos como robôs.

71 | *O relógio silenciado*

Meu refúgio mais amado em casa era forrado de prateleiras com livros, tinha cheiro de couro das poltronas, e de cigarro porque então meu pai, dono daquele escritório, ainda fumava.

Essas sensações, para mim, até hoje lembram aconchego e alegria. Proteção.

Quando eu estava mais agitada ou talvez desobediente demais, curiosa demais ou rebelde demais, nas mínimas rebeldias de uma menininha de cinco ou seis anos — e minha mãe já não sabia o que fazer —, ou simplesmente quando queriam me agradar, botavam-me na biblioteca depois que meu pai fechara seu expediente ou era fim de semana.

Sentavam-me numa daquelas poltronas que me pareciam imensas, e meu pai colocava sobre meu colo (minhas pernas balançavam muito acima do assoalho) algum volume da grande enciclopédia alemã que ainda está comigo, e às vezes manuseio para fazer alguma pesquisa — ou simplesmente para sentir o mesmo prazer.

as coisas humanas | *241*

O cheiro desses volumes tão antigos é o mesmo: de velhice e de infância, de nascimento e morte, de revelação. Cada página com figuras — bichos, pássaros, borboletas, de um colorido já esmaecido — era protegida por uma folha de papel de seda amarela.

Eu contemplava — e tocava — cada uma dessas páginas como se fosse um mistério. Entrava nos livros como em salas penumbrosas cheias de objetos mágicos. Sentia com as pontas dos dedos cautelosos a penugem dos pássaros, escutava seu canto, o desenho daquelas borboletas roçava meu rosto, pinturas egípcias de perfil ingênuo e olhar rasgado desfilavam, fotografias de máquinas e montanhas e, principalmente, palavras e seus espaços de fantasia sem limites para quem ainda não sabia ler.

Se tinha tempo, meu pai sentava-se perto de mim e me explicava tudo. Mas também ficava tranquilo escrevendo ou lendo, sem mostrar nenhuma irritação com a minha presença. Eu não o incomodava. E era a plenitude, estar ali ao lado dele sentindo-me natural e aceita, sossegada num lugar onde haveriam de estar todas as respostas.

Nunca desaprendi a excitação quase amorosa de estar entre livros; mesmo que não haja poltronas de couro nem aroma de cigarro (e que eu já leia algumas obras no meu celular...), tudo ainda está comigo como uma porta que se abre sobre um corredor infinito para que eu possa entrar com minha bagagem de curiosidade.

Na biblioteca havia uma lareira grande, no aparador o relógio que meu pai comprara quando estudante e ao qual continuava dando corda noite após noite, antes de dormir.

242 | lya luft

Eu, já deitada, escutava do outro lado da parede do meu quarto sua mão dar voltas na chave e preparar a engrenagem para marcar mais um ciclo: meu pai determinava que haveria um outro dia depois daquela noite. Apesar dos pesadelos, dos fantasmas que às vezes me assustavam, havia um universo ordenado, de sol e presenças, que o relógio de meu pai traria de volta na outra manhã.

Esse relógio está hoje numa prateleira do meu escritório quase minúsculo: eu gosto assim, tudo à mão, tudo aqui. (Depois que meu pai morreu nunca mais permiti que nem um relógio em casa minha batesse as horas.)

Pois a dimensão da vida — e dos amores — não cabe no tempo nosso. Ele é pura convenção.

Mas, pergunta uma vozinha cínica no fundo do fundo: e essas rugas, e essas perdas, e essas memórias, algumas encantadas outras escuras... e isso tudo?

as coisas humanas | 243

72 | A *semente escura*

Quando menina pesquei muito lambari com meu pai, num laguinho no fundo da propriedade.

Não era um sítio, mas casa urbana, atrás um jardim, uma quinta, pomar, e tudo que ainda se podia ter, naquele tempo, numa cidade do interior.

Faz parte das minhas luminosas memórias.

Eu, que era cheia de dedos, não gostava de pegar em carne crua nem de cheiro de cebola na mão, nessa hora, nesse registro meio aventuresco e muito mágico, pegava minhocas debaixo das pedras, botava numa latinha, sentava com o pai na beira da água, ia puxando as pobres até se rasgarem, olhava com mórbida fascinação e nojo aquele líquido amarelo que saía delas.

Depois enfiava um pedaço no anzol, no começo feito de alfinete porque eu era muito pequena e podia me machucar.

Ficávamos ali, quietos, meu adorado pai e eu, ouvindo as cigarras, espantando os mosquitos, animadíssimos quando um peixe mordia a isca, e mais ainda quando puxávamos a vara e algum infeliz animalzinho prateado se retorcia no anzol. Nunca me ocorreu que peixes ou minhocas sofressem, e nem na quietude do quarto, nas minhas noites de criança insone, eu sentia qualquer culpa. Era natural, era assim.

E a paciência de meu pai era infinita, só anos depois reconheci isso.

Depois da pescaria, botávamos os pobres lambaris numa tábua, cortávamos cabecinhas e rabos, o pai tirava as escamas, e levávamos para a cozinheira fritar (comíamos aquelas migalhas de peixe com farinha, fingindo, feito dois moleques cúmplices, que era ótimo).

Naquele tempo, naquela vida, era tudo natural, como a empregada degolar uma galinha no fundo do quintal, e a pobre continuar saltando na terra um pouco, para meu horror e ansiedade.

Não se compravam galinhas em supermercados.

Não havia supermercados.

Não éramos más pessoas. Não estávamos fazendo nada cruel. O Mal botou em cada ser humano sua semente escura? Porque — se não degolamos mais galinhas no quintal, ainda pescamos peixes, e matamos aves, e vacas, e ovelhas, e tudo parece natural. É natural? Pode ser que na Natureza essa lei prevaleça, o maior e mais forte come o menor, e assim a vida se perpetua sobre a Terra.

Ou isso tudo é desculpa?

Mas, nestas considerações meio bizarras, imagino que talvez esse grão maligno em nosso inconsciente, ou em nossa alma (aqui a semântica não importa), seja o mesmo

as coisas humanas | *245*

que provoca o terror cruel entre crianças e adolescentes, e todas as perversões, e fanatismos assassinos, e tiroteios que matam jovens ou mães de família, pessoas que simplesmente se reuniam para rezar.

Pode ser que essas maldades adultas sejam a semente diabólica que em alguns, com o tempo, a maturidade, a educação, a reflexão, feneçam e sequem ou silenciem. Mas em alguns, seja pelo que for, nos misteriosos subterrâneos da psique, cresçam e lancem seus galhos malignos para fora, produzindo o circo de horrores que tão seguidamente agora nos assombra no vasto planeta Terra.

O mal estaria em nós, eternos predadores porque filhos da Natureza que pode ser bela, e pode ser tremenda — da qual, sendo filhos somos também vítimas — ou somos algozes uns dos outros?

Isso eu também não quero saber.

246 | *lya luft*

73 | *Os calados e os quietos*

"O mundo é dos espertos", me disseram um dia, ou rolou numa conversa da qual eu participava talvez sem prestar muita atenção.

Fiquei pensando nisso, e repensei muitas vezes nestes tempos bizarros em que o pano se abre, e o cenário é de que todo mundo (quase) era corrupto, todos (quase) com rabo preso, e se todos forem apanhados na Lava Jato (anda quietinha demais...) não sobraria quem nos liderasse.

Claro que não é bem assim, mas que as coisas andam mal, andam. Porém, há luz no fim do túnel ou já pelas beiradas do horizonte: nunca tanta gente importante foi presa, nunca tanta realidade vergonhosa foi exposta, nunca tivemos tanta esperança de que desta vez a coisa vai. O fato de estarmos todos (quase) tão empobrecidos, calculando cada real, encolhendo os gastos mesmo não exagerados, repensando as idas ao cinema, cortando aquelas ao restaurante, irritados quando chegam as contas normais, e tensos ao entrar no *internet banking*, acho que somos, sim, bastante corajosos. Pois continuamos vivendo. E não nos vendemos.

as coisas humanas | 247

Vamos ao trabalho, almoçamos a marmita (neste universo dietético até virou moda, pode ser marmita chique...), brincamos com filhos e netos, tentamos frear o mau humor porque mulher ou marido não tem culpa, e de repente, numa esquina, numa praça, respiramos fundo e olhamos uma árvore florida, ou abrimos a cadeira de praia na areia (ninguém é de ferro) e aspiramos fundo aquele cheiro de mar e aquele azul cristalino:

Nossa! A vida ainda pode ser boa.

Mas se a gente não cuida, se a gente não reúne alguma coragem, estes serão tempos de queixas intermináveis e infinitas aflições. Muitas vezes constrangida com o noticioso brasileiro, eu entrava na CNN, na BBC, e outras. O que no começo parecia piada (Trump? Essa é boa! Nem pensar!) se tornou realidade, e uma primeira coletiva nos deixou boquiabertos. Poxa, esse é o novo presidente dos States? E agora, e agora?

Então a gente reaprende o valor das pequenas coisas, como aquela árvore florida, aquele cheiro de maresia, aquele filho ou neto que passou no vestibular, a mulher ou marido que nos recebe com um sorriso e um abraço sem maior razão a não ser a do bem-querer. Um bom filme na tevê. Uma página instigante do novo livro (que ainda pode custar menos que uma ida à lanchonete). Sei lá. Até um sonho daqueles em que retornamos a algum lugar e momento da infância, da juventude, de apenas outro dia, e sentimos de novo todo aquele encantamento.

Se a gente não ficar pessimista demais, chato demais, burro demais, podemos ainda encontrar lá no fundo a

248 | *lya luft*

coragem de abrir a janela, abraçar o mundo, curtir a vida do jeito que ela é, e agradecer. A quem? Sei lá, depende de cada um. A Deus, aos deuses, à vida, ao destino, a nós mesmos — que conseguimos tanto em meio a tanta confusão e carência: conseguimos ser pessoas legais, gerar sujeitos decentes, ter bons amigos, realizar um trabalho honrado, andar de cara limpa e cabeça erguida, e ainda, no fundo mais fundo, embalar sonhos.

Como quem planta flores aparentemente inúteis num vasinho na sacada, e, vejam só, dizemos rindo, elas desabrocharam!

E ainda temos esse luxo: a sensação incrível de que o mundo não é dos espertos, é dos corajosos, modestos e calados, que, sem bazófia, sem voz alta e sem escândalo, estão vendo no fim do túnel uma claridade.

Pode ser apenas um vagalume — mas a gente faz de conta que é uma estrela.

as coisas humanas | 249

74 | *Na escada rolante*

"Viver é subir uma escada rolante... pelo lado que desce."

Achei uma frase assombrosa. Com os anos, comecei a ver que era mais incômoda do que genial. Claro que a escada é difícil, puxa para baixo, e um dia a sombra lá no fundo há de nos engolir — ou nos fazer mergulhar para retornarmos à superfície mais adiante, num sol glorioso?

"Agora o sonho terminou: a manhã está começando", li em algum lugar uma filha falando sobre a morte do pai muito amado. Quando o meu morreu, e eu ainda era uma jovem mulher com filhos pequenos, num bom casamento, o mundo se partiu em dois. Eu me parti em dois.

Difícil costurar as partes outra vez, levou um longo tempo.

Viver é andar de conflito em conflito, buscando a harmonia que nos dê sossego ao coração sempre agitado, em raras ocasiões ancorado num momento tranquilo. Na vida pessoal ou profissional, lutamos. Buscamos. Perseguimos. Achamos, perdemos, realizamos, fracassamos, às vezes

250 | *lya luft*

desacreditamos ou pensamos desacreditar de tudo: "Eu não acredito em mais nada", me pego afirmando — é mentirinha. Porque afinal vivemos de acreditar: que teremos comida na mesa, teto sobre a cabeça, alguém amado por perto, porta para entrar e para sair, alguma ocupação, e, mais que tudo, alguma importância... ainda que para uma só pessoa.

"Com as perdas, só há um jeito, perdê-las", escrevi certa vez, não lembro onde. Acredito nisso. Há que persistir por algum tempo, mas há que ter a sabedoria, ainda que rara e rala, de saber quando é hora de deixar que a corrente da vida carregue o que não pôde (ou não pode mais) ser nosso.

Alguns andam desanimados, e não é para menos: além das inquietações da coisa pública, quando se tem algumas décadas de vida amigos adoecem ou se vão em definitivo. Talvez a pior coisa do tempo passando seja perder amados e amigos, alguns de uma vida inteira. Mas os que ainda sobram, não apenas *sobram*: eles vivem, se agitam, pelo menos em emoção e pensamento, leem seus livros, veem sua televisão, convocam seus filhos, amam seus netos, lembram as amizades e telefonam ou, em geral — viva eles —, se comunicam no WhatsApp.

E ainda conseguem ter os seus conflitos: briguinhas, fofocas indevidas, curiosidades infantis, reclamar do açougueiro, do cabeleireiro, do jornal, da tevê, do filho que demora a ligar, dos netos que, vibrando em suas idades magníficas, não se lembram de que alguém, ali, vai adorar ver suas belas carinhas e se divertir com suas conversas que às vezes nem entendem. Me surpreendo pedindo aos netos

as coisas humanas **|** *251*

e netas que falem mais devagar ou mais alto, "porque a vovozinha aqui tá meio surda", e todos achamos graça. Na verdade, a intensidade dessas jovens e belas vidas me livra de qualquer tédio. Aliás, ando cada vez mais contemplativa.

Feliz olhando a paisagem, feliz ouvindo a chuva, feliz lendo esse novo livro bastante difícil, feliz porque ainda consigo pintar nuvens e mar, e até começar a escrever um novo livro... feliz porque daqui a pouco a chave na porta de entrada anunciará que o maridão chega do trabalho.

Incrível como a certa altura, se não formos o tipo lamuriento e resmungão, as coisas mínimas nos dão prazer: não precisamos mais visitar as ilhas gregas, andar na bela Londres, percorrer de carro a amada Itália, visitar os mais espetaculares museus, voltar aos jardins de Giverny aspirando as flores de Monet, um de meus prediletos. Ao menos, não sofremos por isso.

Ficar quieto (não demais) também é bom: curtindo o tesouro acumulado na alma — porque o que se perdeu continua ali, se a gente souber ver: os afetos, as memórias, as descobertas, as alegrias, e a capacidade de novas alegrias — por que não? Então mesmo que o mundo ande confuso e ameaçador, e estejamos quase todos mais pobres, toda a conturbada, fascinante, assustadora, intrigante vida humana continua se desenrolando diante de nós.

E minhas duas spitz, Melanie e Penélope, deitadas no tapete a cada lado da cadeira enquanto escrevo, nunca deixam de me contemplar com esse ar de adoração — o que já faz valer a pena iniciar o dia.

75 | *Predadores de almas*

Nunca entendi bem essa nossa avidez por críticas e julgamentos, por estar sempre dando sentenças, ou a disfarçada alegria de dar alguma notícia ruim.

Sobretudo por julgamentos que nós fazemos dos outros. Possivelmente, numa interpretação rápida que alguém chamaria "psicanálise de fundo de quintal", eu diria que criticando os outros estamos erguendo biombos entre nós e nós mesmos. Como meninos de escola que, tendo feito alguma malandragem, ligeiro dizem "não fui eu, profe", e apontam o dedo para alguém do lado.

Quanto mais inseguros, mais julgamos. Quanto mais culpados — ainda que por nada ou por alguma bobagem —, mais sentenciamos: por que ela não corta esse cabelo? Por que ele não muda de emprego? Por que ela educa tão mal as crianças? Por que frequenta esse restaurante tão caro? Por que nunca tira férias? Por que fala tão mal dos outros? Por que está sempre com essa cara de velório?

Alguém também me disse, há anos, esta frase que nunca esqueci: "Lya, todos têm a sua dor." Sim. Ela pode

as coisas humanas | 253

não cortar o cabelo simplesmente porque gosta assim. Ele não muda de emprego pois tem família a sustentar e não está fácil encontrar outro. As crianças dela não são mal-educadas: são felizes e naturais. Ele frequenta esse restaurante caro porque pode!!! Ele nunca tira férias porque não quer!!! Ela fala mal dos outros porque você também fala, neste momento aliás.

Quem sabe ela está com cara de velório porque perdeu um filho e essa dor não tem cura?

Enfim, não somos grande coisa, o que de certa forma nos consola. Não precisamos ser heróis, nem santos, mas sempre podemos ser um pouco mais humanos, solidários, compreensivos, pelo menos aceitar os demais com suas diferenças, suas manias, suas ainda que ocultas dores. Mas muitos de nós cultivam e curtem jogar pesadas pedras sobre quem nem se conhece direito, ou que secretamente invejamos. Olhamos e avaliamos o que nos parece serem defeitos dos outros para animar nossa vida tediosa, ou apenas satisfazer nosso caráter não tão bonito.

Grande passatempo, barato, a ser exercido em qualquer hora e qualquer lugar. Já vi mulheres ridicularizando maridos: "Olhem como está careca! Que barriga de cerveja! Por isso ronca a noite toda!" E outras gracinhas mais pesadas ainda: mesmo diante de um ou dois amigos, é público, e machuca.

Ou homens que (bem mais raramente do que mulheres, acreditem) sentenciam sobre sua mulher, namorada, algo como "está gorda, não se veste direito, a casa anda um lixo, sempre de mau humor, quando quero carinho está com dor

254 | *lya luft*

de cabeça...". Fico imaginando como será o convívio em casa. Na intimidade. Filhos e filhas certamente também são alvos dessas "bondades", então acabam isolados, com amigos muito mais bem aceitos com amigos do que em casa, pais ainda se queixando de que não sabem por que perderam o contato com eles.

Difícil assunto, esse de nos alçarmos em julgadores, juízes, críticos eternos. Muito mais difícil encontrar quem pouco, ou raramente, fale mal de alguém. Porque estamos infelizes? Porque não conhecemos (ou não aprendemos...) ternura e compreensão?

Porque — generalizando eu sei que erro — no fundo, sem saber, sem notar, somos predadores de almas... ainda que só com um comentariozinho maldoso aqui e ali, que pode destruir alguém.

as coisas humanas | 255

76 | *Feridas e flamboyants*

Não vi em minhas décadas de vida um tempo em que com tanta facilidade divergências de opinião resultassem em tanta ruptura.

Divisão, hostilidade, afastamento até de pessoas que se amam, ou são amigas, ou são famílias antes amorosas.

Vários conhecidos meus relatam pessoas que simplesmente se afastaram da casa, das pessoas queridas, de alguns amigos, de hábitos com que foram criados, para aderir a um ou outro partido, uma ou outra ideologia. Política, futebol, costumes, ética, moralidade. Comida: vegetariana ou não. O colesterol, o glúten, os triglicerídeos...

Muitas vezes sem sequer entender direito os termos usados, o histórico de tudo, a situação. Claro: nem todos, nem a maioria, mas tenho amigos que declararam no Face, por exemplo, que, se eu votasse em quem consideram o inimigo, deveria deletá-los: eu não estaria mais no seu círculo de amizades.

Pode, isso? Pode sim. Está acontecendo, e confesso que é difícil de entender. Como misturar afetos, às vezes longos e positivos, com política — essa nave incerta e insegura que

256 | *lya luft*

já mudou de rumo e ainda vai mudar, porque a vida é assim, os povos são assim, a política, essa velha madrasta, age assim?

Talvez estejamos muito cansados de tanta decepção. Muito desiludidos, e muito iludidos. Talvez sejamos imaturos, não sofremos o suficiente. Talvez estejamos muito alienados, povo não educado é povo não informado, e serve da massa de manobra desde que a humanidade tenta se organizar em bandos, tribos, aldeias. Povo educado, ao contrário, faz escolhas mais tranquilas e racionais — sem esse monstruoso preconceito do "nós" e "eles".

Alguém já disse que sou repetitiva: é intencional. Bato em assuntos que me interessam ou afligem, como família, educação, democracia. Por falar nisso, que democracia é essa que alija amigos ou família, que se julga dona da verdade e abusa da chibata da intolerância?

E tem os que resolvem partir para outros países.

O mundo hoje é uma aldeia global etc. etc. etc.

Mas: se os bons forem embora, quem vai tomar conta desta nossa pátria, que apesar de muitos atrasos e desmandos ainda é fascinante e acolhedora, e muito mais será quando se corrigirem tanto quanto possível a miséria, a ignorância, a doença, o isolamento — e estes ódios rasteiros, essa desinformação turbulenta, essa balbúrdia de conceitos e emoções? Quem sabe não estamos nos levando suficientemente a sério: chibata verbal, conceitual ou emocional, a agressividade e o despudor como forma de protesto, a perigosa incitação à revolta, estão sendo manejados como brinquedo de gigante em mãos de criancinhas.

Podem machucar mais do que se imaginava. Podem quebrar, destruir, arrasar até o que nem de longe se pretendia.

as coisas humanas | 257

Aliás, que fantasmas nossos, sem rosto nem nome talvez, queremos destruir nessas discussões e insultos insensatos por causa de qualquer bobagem — veríamos que era bobagem se parássemos para pensar, se deixássemos passar alguns dias.

Graças aos deuses, cada fase da nossa vida de brigas e disputas e desentendimentos tolos passa. Vão começar outras batalhas, outras ignomínias, outros descaminhos e desconsertos, mas sempre volta a pairar no ar o colorido dos flamboyants que explodem seus vermelhos pelas ruas, aí, nas casas ou pátios os risos das crianças, nas pessoas a lucidez e os afetos bons.

E talvez se curem tantas desnecessárias feridas.

Pois as inevitáveis já nos pesarão bastante.

77 | A *Velhíssima Senhora*

Em uma de minhas primeiras colunas de jornal, na década de sessenta, escrevi sobre "aonde vão ao partir os nossos mortos".

Eu era jovenzinha, numa fase luminosa da vida. Pouca perda grave.

Nesta altura agora, muitos, demasiados amigos, conhecidos e amados meus — um filho que, ao partir, arrancou um pedaço de mim — se recolheram (ou se libertaram, se expandiram?) nesse "outro lado", seja ele o que for. Depende da crença, da filosofia de vida, depende do desejo e do sonho de cada um.

"Os mortos pedem licença/para morrer mais", escrevi também, quando os meus já eram um grupo respeitável. Que não os oneremos demais com nossas angústias e inconformidade. Fácil escrever, difícil fazer, mas a gente consegue, se tem amores bons que aqui ainda nos apoiam, convocam, nos fazem sentir que somos queridos e úteis, e que tudo faz algum sentido. O horizonte clareia, o coração mesmo enlutado se acalma, e — se amamos a vida — vivemos.

as coisas humanas | 259

De preferência, apesar da tristeza sem eternas queixas, que ninguém precisa aguentar.

Voltei ao assunto pelo impressionante número de mortes que nos cercam, perto ou longe, nos empurram para o canto, mas mais uma vez? Quantos agora? Um, dez, cem, mil?

Incêndio. Avião. Terremoto. Inundação. Terrorismo. Meninos alucinados ou perversos tiroteando na escola, outro insano fuzilando bandos de gente que se divertia, ele em cima do telhado de um shopping, rindo alto, e pulando.

Nenhuma dúvida de que a humanidade anda muito louca, a terra convulsionada, o clima, o estresse, tudo. Porque bactérias em geral andamos vencendo, embora digam que as superbactérias ninguém vencerá.

Seja como for, a velhíssima Senhora Morte nos espera no fim do trajeto, cedo ou tarde, cedíssimo às vezes, ou tardíssimo quando temos idade avançada e já nada vemos, nem sabemos, mal notamos que estamos vivos. Porém, o escândalo nestes dias são tantas mortes coletivas. Mortes — não porque os responsáveis não soubessem do perigo, porque sabiam e fingiram ignorar, arriscando — e destruindo — a vida de centenas e centenas de funcionários, de dezenas de adolescentes, de uma vila inteira, de quase um pequeno país. Tudo sumiu, diziam atordoados os sobreviventes. Aqui, na Índia, na China, na civilizada Europa, enfim, mesmo uma vida só que fosse, por descuido ou por futilidade.

Vai então que a Velhíssima Senhora faz aquela visita a outra velha dama, em seu apartamento, que eu ainda conheci. Gentil na vida, mas rigorosa em coisas como educação e horários, ela certamente reclama do atraso.

Finalmente as duas saem de braço dado pelo céu sobre os mares, conversando como boas amigas. E trocam ideias e risadas, um pouco condoídas das humanas confusões aqui embaixo.

Onde nós ainda queremos entender alguma coisa.

E queremos inventar um sentido para a vida.

78 | A *vida tem que ter sentido?*

Seguidamente nos dizem que devemos procurar por ele, ou nos perguntam, qual é o sentido da vida?

A frase em si é vaga, o assunto complicado e ambíguo, e tem ainda a questão: será que a vida deve ter sentido? O que é isso, a vida ter sentido?

Possivelmente tem sentido o agora: este momento, esta hora, em que estou dormindo, trabalhando, sofrendo, sendo feliz, estando alegre, viajando, olhando pela janela, abraçando alguém muito querido, ou simplesmente não fazendo coisa nenhuma, o que também e muito bom, muito do meu jeito. Só existindo, como as árvores que seguidamente contemplo com a sensação de que elas não precisam fazer coisa nenhuma: elas existem.

Esse é o sentido delas. Dirão que tem a coisa da clorofila, de limpar o ar, de nos proteger, de abrigar a fauna, dar frutos, e madeira, e tudo isso eu aceito.

Mas nada mais tranquilizante do que observar árvores, quietas ou também dançando ao vento. Acho que nos falam, com esse rumor que parece um mar. Acho que o mar nos fala. Mas tudo isso são coisas que eu, romântica e ficcionista, acho.

Talvez não devêssemos buscar o sentido da vida, porque ele vai depender de tantas peculiaridades da pessoa, do momento, da trajetória, do destino, que é uma indagação absolutamente vã, a não ser para os filósofos, que perguntam e buscam respostas para ver se nós, a humanidade, damos uma melhorada no caminho de ser mais humanos. Só isso.

O sentido de minha vida em criança era curtir: a casa, os pais, os irmãozinhos, o jardim, as borboletas, os passarinhos, o sol, a grama, as lajes. Muitas vezes me achavam doida, ou diziam "essa menina parece maluca": eu então, assustada, andava descalça nas lajes dizendo para mim mesma: são lajes. Estão quentes do sol. Eu sinto que estão quentes. Então não estou louca. O sentido da minha vida, naquele momento, e em muitos outros, foi simplesmente vencer o medo.

Com décadas de vida e centenas, milhares de momentos em que desejei perceber o que significava a vida ou conferir-lhe algum sentido, nas alegrias e nas dores, parece que esse assunto se resolveu por si... ao menos para mim. Eu dou — ou não — um sentido a tudo.

Melhor: eu invento o sentido. E isso, acreditem, é uma grande, e boa, liberdade.

(Mas por que a vida deveria ter sentido?)

as coisas humanas | 263

79 | *No palco*

Talvez a expressão "a vida é um palco" (para alguns, um circo...) não seja mera invenção, e a verdade seja que nós nos inventamos, nos representamos, e nos aplaudimos, nos vaiamos ou nos matamos.

Eu mesma, se for assim, pintei o cenário e o coloquei no prumo; varri a plateia, arrumei os bastidores. No camarim, botei frutas e champanha. Eu seria a personagem principal desta encenação, realidade ou farsa: repassei minhas falas (sabia todas de cor).

Provei minhas fantasias, me pus a chorar. Qual me servia melhor, e quem eu afinal devia ser? O que tinham me ensinado em criança? O que eu tinha aprendido em adulta? Onde a rede por baixo, quando eu desse o salto?

Numa escada invertida, nem em cima nem embaixo, passavam estranhas figuras. Disseram que me amavam, que eu lhes devia amor, que tudo estava bem, que palavras viriam na hora certa mesmo que eu não tivesse decorado nada direito, mas não acreditei nas suas falas.

Então fiquei andando pelo palco, sem sapatos nem rumo. Alguém me chamou, bem atrás na plateia: um aceno, uma voz sumida parecia dizer meu nome. Alguém de óculos, pois as lentes refletiam a luz do teto. Não reagi, a pessoa poderia dizer: "Não foi com você que eu quis falar."

Euforia e medo: é com eles que vou contracenar ou é comigo mesma? Viver não é só atuar no palco: é todos os dias partejar a vida. (Ela nasce com cabeça grande demais — às vezes sem pernas.)

Abro meu ventre, minha alma se arreganha como uma parturiente em sofrimento. Amar às vezes dói. Na vida fazemos isso todos os dias, expostos num palco querendo aplausos, num mundo que vamos montando. E dizemos: este é o sentido da vida. Mas ninguém acredita: não somos atores muito convincentes, e não acreditamos nem em nós mesmos, pra começar.

No cenário que eu mesma pintei, ou outros pintaram por mim e me impingiram — não consigo lembrar —, posso abrir algumas portas, posso fechar outras, posso escolher o sexo e a cor dos olhos de cada personagem em cada momento.

Mas não posso escolher o meu destino: viver é salto sem rede nem garantia.

as coisas humanas | 265

80 | *Das inúteis aflições*

Somos umas almas aflitas.

Inseguros no turbilhão de informações corretas ou tresloucadas que nos confundem, em que até altas figuras fazem e refazem, decidem e se enrolam, vivemos vulneráveis a toda a sorte de famigeradas "receitas" baseadas na futilidade geral: seja bem-sucedido, segure seu marido, enlouqueça sua mulher, tenha pelo menos dois orgasmos a cada relação, jamais envelheça etc.

Como tudo está cada vez mais complicado, e andamos desgovernados, encalhados ou jogados por marés imprevistas, desistindo de prever qualquer coisa porque tudo se levanta e desmorona em questão de horas, acabamos nos aferrando a algum desses preceitos espalhados por toda parte.

É a era das receitas, das frases feitas e clichês, adaptados a milhares de desiguais como se assim carimbados não tivessem individualidades. Somos uma manada, o que oferece conforto, mas aniquila o espírito. Rouba a liberdade, mata a originalidade. É essencial — nos aconselham —

fazer como todo mundo, frequentar o restaurante da hora, o cabeleireiro idem, ler aquele *best-seller* sem saber do que trata, conhecer as Bahamas, dar uma passadinha em Paris. Transpirando e lutando para pagar as reles contas do dia a dia, corremos ofegantes em busca disso que não podemos avaliar nem alcançar, eternamente frustrados.

Se prestarmos atenção a muitas mutantes e loucas recomendações, havemos de nos divertir: não beba muito café; café faz bem. Não tome aspirina demais; tome uma por dia (a infantil, claro). Vitaminas não ajudam; tome esse moderno complemento de vitaminas. Faça exames a cada poucos meses; não faça exames demais. Álcool faz mal; uma taça de vinho faz bem. Exercite-se diariamente; não se esforce demais. Coma só carboidratos, evite carboidratos; fuja das gorduras, coma bacon e ovo frito todo dia no café da manhã... além dos grotescos conselhos sobre sucesso profissional, sexual, e ser linda(o), "ser famoso".

Mesmo em assuntos mais sérios, há declarações duvidosas, como "Quem não lê é uma pessoa triste". Desculpem, amigos, leitores, ex-alunos e colegas escritores, mas isso é mais uma empulhação. Quem não lê sabe menos, se diverte menos, tem menos bagagem interior, visão bem mais estreita de mundo, talvez fique mais solitário (livro é um belo companheiro) — mas não precisa ser "triste". Os mais ignorantes quem sabe andam mais alegrinhos por não fazerem ideia do festival de enganos e desfaçatez em que nos enredam.

Atenção: não estou dizendo que a gente não siga ao menos essa receita, de ler mais. Mas não reside nisso

as coisas humanas | 267

nossa tristeza: apenas, lendo, nossa alma se expande, cria varandas, como dizia um amigo meu; aprendemos história, arqueologia, psicologia, saboreamos beleza, nos intrigamos, nos conhecemos melhor, curtimos "as franjas das palavras", seus muitos sentidos — se soubermos ver.

Tudo pode ser mais simples do que nossa aflição com receituários financeiros, psicológicos, sexuais. Recentemente numa palestra me perguntaram por que alunos deviam estudar. Não precisei refletir. Do fundo dos meus tantos anos e experiências, fracassos e tolices cometidas, respondi o que julgo ser a verdade mais simples:

"Devem estudar para não ficarem burros."

Simples assim.

E todo mundo aplaudiu.

81 | O *policial*

Eu estava botando gasolina no tanque de meu carro. Do meu lado estavam dois carros da Brigada Militar. Fora dele, dois policiais falavam com alguém do posto. Um terceiro, bem junto da minha janela, de costas para mim, portava uma arma grande, que na minha ignorância podia ser um fuzil ou uma metralhadora. Estava ali, sozinho, e comecei a observá-lo sem que me notasse.

Tenso, alerta, consciente de sua missão, olhava para os lados empunhando sua arma com o cano voltado para baixo.

Seu rosto era jovem, tão jovem que me comovi.

Podia ser meu filho. Mais: podia ser meu neto.

Estava tão concentrado no seu dever, tão alerta na sua posição, que fiquei imaginando se, ou quando, ele poderia levar um tiro de algum bandido. Poderia ficar lesado gravemente. Poderia morrer. Por mim, por você, por um de nós, em qualquer parte do Brasil, não importa que nome se dê à sua corporação, nem se é guarda es-

as coisas humanas | 269

tadual, municipal, federal. Esses jovens se expõem por nós. Morrem por nós. Tentam, num país tão confuso, proteger o cidadão: eu, você, nós, eles. A gente realmente pensa nisso? Uma vez ao dia, por semana, ao mês?

Fiquei imaginando também que vida tem um rapaz desses; quanto ganha para se expor assim; quem o espera à noite ao chegar em casa: esse, tinha na mão esquerda uma fina aliança. Podia ter filhos, com certeza muito pequenos, dada sua pouca idade. Passo por policiais assim todos os dias, nós passamos. Na cidade, na estrada: estão ali, sem conforto, certamente com baixo soldo, cuidando para que nossa vida diária seja menos arriscada.

Tentei imaginar também como eu me sentiria se um de meus netos tivesse essa profissão. Que suspiro de alívio cada noite, ou cada manhã, sabendo que ele estava em casa. Que angústia sempre que se noticiasse uma perseguição, um tiroteio. Que vida, enfim, a de milhares de famílias, em troca, penso eu, de uma compensação financeira diminuta. Jovens como aquele, alto, magro, sério, dedicado, também morrem nas mais estúpidas guerras pelo mundo afora: pelo bem da pátria, por interesses políticos e econômicos de que nem fazem ideia, muitas vezes por razões bem menos nobres do que eles pensam.

Mas, e aquele, quanto ganharia?, teimei em adivinhar, impressionada com sua seriedade, com a realidade concreta daquela arma enorme, e com o quanto de repente me senti em dívida com aquele quase menino.

Tanto quanto uma boa empregada doméstica, que não arrisca a vida embora seja importantíssima numa casa bem organizada onde a valorizam? Tanto quanto uma professora de escola elementar, que vende quinquilharias ou doces feitos em casa para colegas no intervalo das aulas, a fim de se sustentar — sempre salários abaixo do que seria digno e merecido?

Tanque cheio, saí rodando pensativa: a educação e a segurança são o primeiro eixo da vida de um país digno. Elas e outros tantos fatores. Mas eu, naquele dia, quis pensar em educação e segurança. Com elas gastam-se incalculáveis quilômetros de papel e uma eternidade em falação. Se fôssemos um país mais educado, menos policiais morreriam por nós, com certeza menos cidadãos seriam assaltados, violentados e mortos, menos jovens se tornariam malfeitores, menos força teriam os narcotraficantes. Menos jovens de classe média alta se matariam nas estradas, ou venderiam drogas mortais a seus colegas nas escolas ou bares.

O problema, o dilema, a tragédia, é saber por onde começar: educação começa em casa. Mas, diz um amigo meu, psicólogo, os meninos (e meninas) problemáticos (aqui não falo dos saudáveis, que são preparados para construir uma vida) em geral em casa não têm pai e mãe, têm um gatão e uma gatinha, — e poucos modelos bons a seguir. Nas escolas, professores e professoras são mal pagos, desestimulados, sobrecarregados e desanimados, às vezes agredidos, sinal de que estamos entrando num estado de selvageria.

as coisas humanas **|** *271*

De momento, parece-me que estamos apenas despertando para essa questão crucial, sem a qual nada se fará de importante neste mundo. Muitos conceitos, reuniões, comissões, sessões, grupos de estudo, — sinal de muita confusão.

Muitas utopias: anêmicas ou descabeladas e loucas.

Resultado, quase nada.

82 | *Para quem não gosta de poesia*

Alguém joga xadrez com minha vida, alguém me borda do avesso, alguém maneja os cordéis. Mordo devagar o fruto da minha inquietação.

Alguém me inventa e desinventa como quer: talvez seja esta a minha condição. Bastaria um momento de silêncio para eu ser feliz: mas do fundo do palco uma voz me chama.

Serás tu, amor, ou é a Morte, apenas, que reclama?

* * *

Nada entendo de signos: se digo flor é flor, se digo água é água. (Mas pode ser disfarce de um segredo.) Se não podem sentir, não torçam a árvore-de-coral do meu silêncio: deixem que eu represente meu papel. Não me queiram prender como a um inseto no alfinete da interpretação: se não me podem amar, me esqueçam.

as coisas humanas | 273

Sou uma mulher sozinha num palco, e já me pesa demais todo esse ofício. Basta que a torturada vida das palavras deite seu fogo ou mel na folha quieta, num texto qualquer com o meu nome embaixo.

Quando me mataram, meu lado não verteu água nem sangue: eu me verti de mim por essa fenda, escorri para a terra, debaixo do gelo, ausente. (Alguém sabia: ela está ali, e isso era a tua voz na noite.)

E, se houver um tempo de retorno, eu volto. Subirei empurrando a alma com meu sangue, por labirintos e paradoxos, até inundar novamente o coração. Terei, quem sabe, o fervor de antigamente.

Se me quiserem amar, terá de ser agora: depois, estarei cansada. Minha vida foi feita de parceria com a morte: pertenço um pouco a cada uma, para mim sobrou quase nada. Ponho a máscara do dia, um rosto cômodo e fixo: assim garanto a minha sobrevida. Se me quiserem amar, terá de ser hoje: amanhã, estarei mudada.

Abro a gaveta e salta uma palavra: dança sedutora sobre o meu cansaço, veste-se de indefinições, retorce-se no labirinto das ambiguidades.

Tento uma geometria que a contenha no espaço entre dois silêncios quaisquer. Mas ela inventa o que faço: peso de fruta no sono da semente, assiste à minha luta, belo enigma.

Eu, mediação incompetente.

Uma cavala de flancos intensos, patas rebeldes sem dono nem domação, rebentando espumas nesse galope, namora mais que o amor, a morte. Uma cavala dourada e sensual com crinas de leite, talvez centaura: porque

274 | *Iya Luft*

haveria um nome então, um pensamento, uma audácia e uma ausência.

Haveria a memória, como a cicatriz de um beijo no pescoço, a espreita e a espera: a desabalada cavala, na sua danação e sua glória.

Estes são os meus objetos. Têm uma pátina que não é do tempo: é minha dor roçando neles suas mãos aflitas.

Este é o meu rosto: uns olhos que, de procurar demais, olham só para dentro. E, se tudo desemboca na morte, esse é o meu destino. É para lá que vou, esperança e protesto, segurando o candelabro dos amores que me iluminaram na vida.

(Resistirão, singularmente, ao meu último sopro?)

as coisas humanas | *275*

83 | *Família careta*

Esperando uma reação de espanto ou contrariedade, ou gente querendo me crucificar, afirmo que acho que em muitas coisas família tem de ser mais do que pátio de brincadeiras ou quarto de castigo, até mesmo rede de amores.

Precisa ser um pouco careta, pra contrabalançar as loucuras de um mundo cada vez mais sem limites, fascinante e cruel, o que aliás nos deixa infelizes, perdidos, voando por aí feito plumas sem graça.

Dizendo isso não falo em rigidez, que os deuses nos livrem dela. Nem em pais sacrificiais, que nos encherão de culpa e vão impedir que a gente cresça e floresça.

Não penso em frieza e omissão, que nos farão órfãos desde sempre, nem em controle doentio — que o destino não nos reserve esse mal dos males.

Nem de longe aceito moralismo e preconceito, mesmo (ou sobretudo) disfarçado de religião, qualquer que seja ela — pois isso seria a diversão maior do demônio.

Falo em carinho, não castração. Penso em cuidados, não suspeita.

Imagino presença e escuta, camaradagem e delicadeza, sobretudo senso de proteção. Não revirar gavetas, esvaziar bolsos, ler e-mails, escutar no telefone: indignidades legítimas em casos extremos, de drogas ou outras desgraças, mas que em situação normal combinam com velhos internatos, não com família amorosa.

Falo em respeito com a criança ou o adolescente, porque são pessoas; em entendimento entre pai e mãe — também depois de uma separação, pois naturalmente pessoas dignas preservam a elegância e não querem se vingar ou continuar controlando o outro através dos filhos.

Interesse não é fiscalizar ou intrometer-se, bater ou insultar, mas acompanhar, observar, dialogar, saber. Vejo crianças de dez, onze anos, frequentando festas noturnas com aquiescência dos pais irresponsáveis, ou porque os pais nem ao menos sabem por onde elas andam. Vejo adolescentes e pré-adolescentes embriagados fazendo rachas alta noite ou cambaleando pela calçada ao amanhecer, jogando garrafas em carros que passam, insultando transeuntes — onde estão os pais?

Como não saber que sites de internet as crianças e jovenzinhos frequentam, com quem saem, onde passam o fim de semana e com quem? Como não saber o que se passa com eles? Sei de meninas quase crianças parindo sozinhas no banheiro, e ninguém em casa sabia que estavam grávidas: nem mãe, nem pai. Elas simplesmente não existiam, a não ser como eventual motivo de irritação.

Não entendo a maior parte das coisas solitárias e tristes que vicejam onde deveria haver acolhimento, alguma se-

as coisas humanas | 277

gurança e paz, na família. Talvez tenhamos perdido o bom senso. Não escutamos a voz arcaica que nos faria atender às crias indefesas — e não me digam que crianças de onze anos ou adolescentes de quinze (a não ser os monstros morais de que falei em crônica anterior) dispensam pai e mãe.

Também não me digam que não têm tempo para a família porque trabalham demais para sustentá-la. Andamos aflitos e confusos por teorias insensatas, trabalhando além do necessário — mas dizendo que é para dar melhor nível de vida aos meninos. Com essa desculpa, não os preparamos para este mundo difícil.

Se acham que filho é tormento e chateação, mais uma carga do que uma felicidade, não deviam ter tido família. Pois quem tem filho é, sim, gravemente responsável. Paternidade é função para a qual não há férias, décimo-terceiro, aposentadoria. Não é cargo para um fiscal tirano, nem para um amiguinho a mais: é para ser pai, é para ser mãe.

É preciso ser amorosamente atento, amorosamente envolvido, amorosamente interessado. Difícil, muito difícil, pois os tempos trabalham contra isso. Mas quem não estiver disposto, quem não conseguir dizer "não" na hora certa — e procurar se informar para saber quando é a hora certa —, quem se faz de vítima dos filhos, quem se sente sacrificado, aturdido, incomodado, por favor não finja que é mãe e pai. Descarte esse papel de uma vez, encare a educação como função da escola, diga que hoje é todo mundo desse jeito, que não existe mais amor nem autoridade... e deixe os filhos entregues à própria sorte.

Pois, se você se sentir assim, já não terá mais família, nem filhos, nem aconchego num lugar para onde você e eles gostem de voltar, onde gostem de estar. Você vive uma ilusão de família. Fundou um círculo infernal onde se alimentam rancores e reina o desamparo, onde todos se evitam, não se compreendem, muito menos se respeitam.

Por tudo isso e muito mais, à família moderninha — com filhos nas mãos de uma gatinha vagamente idiotizada e um gatão irresponsável —, eu prefiro a família (não demais) careta: onde existe alguma ordem, responsabilidade, autoridade, carinho e compreensão, bom humor. É bom começar a tentar, ou parem de brincar de casinha: a vida é dura, e os meninos não pediram pra nascer. E agora estão aí: precisando essencialmente de nós, pais, mães, ou quem for responsável — com amor.

Isso pode ser uma glória, um fracasso, uma gangorra de emoções, uma dor de derramar lágrimas? É. Amar é difícil. Às vezes desesperador.

as coisas humanas | 279

84 | *Por que nos matamos*

"Se isso acontecer, eu vou me matar!" "Juro que, se for verdade, eu me mato!"

Quantas vezes se dizem coisas assim, mas na brincadeira, aqueles exageros em que nem o seu autor acredita. Da mesma forma dizemos a um amigo, na galhofa: "Eu te mato!"

Não são frases para se levar a sério, então a gente nem se impressiona.

Rimos juntos.

Mas isso que dizemos de troça é para outros uma realidade insuportável, que não só leva embora alguém amado (sempre tem quem nos queira bem), como destroça famílias e machuca amigos.

Por que nos matamos?

Até onde vejo, e sei, há múltiplas respostas, ou nenhuma resposta.

Que último passo no abismo disso que imaginamos ser a tranquilidade eterna é esse, e por que o realizamos?

Dor insuportável? Uma amiga querida, diante de um sofrimento que parecia além da sua capacidade, pensou em se jogar lá de um décimo primeiro andar. "Foi só um lampejo", ela disse, "mas lembrei que tinha filhos a quem causaria sofrimento". E afinal ela amava a vida com suas tragédias e maravilhas.

Muitos passam por coisas muito cruéis, e não se matam. É quase como, em criança, diante de um castigo ou uma dessas injustiças bobas — que para uma criança parece homérica —, se pensava em fugir de casa. "Vou fugir de casa. Mas para onde vou?" A saída é a casa dos avós, mas... não seria uma grande façanha.

Porém, quando se trata de nos jogarmos nos braços da Senhora Morte, que nos esconderá em suas largas mangas e, pensamos, nos livrará de todo o desespero, não são devaneios infantis. É drama, é tragédia, é o inominável e incompreensível. "Que pena", a gente pensa ao saber, "que pena!". Pois muitas vezes, dias ou horas depois do suicídio, o drama talvez se resolvesse.

Se tivéssemos aberto o coração para alguém digno dessa confidência extrema, quem sabe nos salvaria um ombro amigo ou uma palavra de conforto verdadeiro. Ou se tivéssemos confiado em quem era confiável e bom.. mas estávamos cegos de angústia.

Conheci alguns suicidas.

Conheci famílias de vários deles.

Fiquei envolvida nessa dor, misturada com incredulidade e revolta de quem foi deixado para trás, talvez

as coisas humanas | *281*

sentindo-se traído: "Por que não me procurou?" Mas não somos onipotentes.

Matou-se muito tempo atrás um adolescente amigo de meus filhos, todos naquela idade. Ainda lembro a tristeza e inquietação deles: "Quando foi que poderíamos ter ajudado? Quando ele quis pedir ajuda e a gente não percebeu, e só falamos bobagem e chamamos pra jogar bola?"

Lembro o suicídio do paciente de um amigo psicanalista, que lhe dera alta dias antes: "O que eu deveria ter visto? Onde falhei com ele, eu, profissional e pessoa que o estimava tanto?"

E o experiente médico chorou.

Nestes dias mataram-se amigos de amigos meus: cada vez, espanto e dor, e a insensata culpa: "O que eu poderia ter feito, se soubesse?" Provavelmente nada. Não sei o que leva alguém a se matar enquanto outros superam crises até mais graves. Há pessoas que nascem mal equipadas para a vida. Sua pele é tão delicada que qualquer brisa pode ser o bafejo da morte. Há coisas que nem a melhor terapia, o melhor médico, o melhor pai ou mãe ou parceiro pode resolver: a busca de alívio e esquecimento, de um sono sem sonhos.

Há um poço na alma humana onde ninguém penetra. Entrar lá significa para alguns o gesto final.

O jeito é acolhermos a todos, ainda que tardiamente, no mais respeitoso silêncio. Muita coisa nesta vida é enigma, há regiões tenebrosas nas nossas almas, onde nem mesmo as bruxas — em que acredito — querem ficar: fogem voando com suas vassouras.

E nós dizemos: deve ter um pássaro grande ali nas árvores, a essa hora, só pode ser uma ave noturna.

Era uma ave noturna?

85 | *Não ir para Pasárgada*

Os dias estavam muito difíceis.

Meu otimismo razoável — sou de uma natureza mais feliz do que sombria — estava no fundo do poço, a tampa era uma pedra pesada demais pra suportar. Tínhamos perdido, na família, alguém muito especial, muito amado, muito presente mesmo quando longe.

Então pensei em ir pra Pasárgada — começava a arrumar as malas da alma.

Para quem não recorda, é o reino feliz inventado por Manuel, o Bandeira; para quem não sabe, ele foi um poeta maravilhoso. Queria escapar deste reino das frases infelizes e atitudes grotescas, dos reis feios e nus, das explicações cabotinas, da falta de providências e de autoridade, da euforia apoteótica de um lado, e da realidade tão diferente de outro.

Pasárgada podia ser um bom lugar, onde se acredita nas instituições e nos líderes, onde vale a pena ser honrado e os malfeitores vão direto pra cadeia, onde se tomam providências antes que tudo desabe. Lá, ao contrário daqui — manada dividida entre os que são ingênuos, os que

284 | *lya luft*

sabem das coisas, mas se conformam, e os aproveitadores
—, autoridade serve para cuidar do bem do povo, decoro
é simplesmente decência — seja em algum cargo, seja na
vida cotidiana de qualquer um.

Na minha nova pátria eu tentaria não escrever mais
sobre o que por estas bandas tem me angustiado ou ameaça
transformar-se num tristíssimo tédio: sempre os mesmos
assuntos? Mandaria só questionamentos sobre o que faz
a vida valer a pena: as coisas humanas, como família,
educação, transformações, relacionamentos e separação,
responsabilidades e escolhas, alegria, vida e morte, inco-
municabilidade, e o mistério de tudo — até dor (mas que
seja uma dor decente).

Nem problema de transporte eu teria: para Pasárgada se
viaja com o coração e o pensamento. Ainda bem, pois de
avião estava sendo loucura e risco — e desses meses todos
me ficou inesquecível o trabalhador humilde cochilando
numa cadeira de aeroporto, que, entrevistado sobre toda a
confusão, respondeu: "A casa já caiu, o brasileiro tem de
se conformar."

Ninguém faz nada?, perguntam-se as pessoas, no limite
de sua capacidade de espanto. A impressão que estávamos
tendo, nós, comuns mortais, era de que resolver problemas
e impor ordem importava bem menos do que distribuir
ilusões como pirulitos. É para rir ou para chorar? Ora
rimos, ora choramos, esse é o novo jeito brasileiro de ser.

Cresce a economia, encolhe a respeitabilidade; pisca
uma luzinha de esperança, mas a seriedade extraviou-se —
poucos andam à sua procura. Aumenta o isolamento dos

as coisas humanas ❚ 285

homens e mulheres públicos respeitáveis, que mais parecem dinossauros sobreviventes de um tempo em que seria totalmente impensável o que hoje é pão nosso de cada dia.

Eu ia embora porque enjoei dessa repetição obsessiva de fatos que provocam insônia no noticioso da noite e náusea no café da manhã. Ia partir sem endereço, sem telefone, sem e-mail.

Levaria comigo pássaros, crianças, e esta paisagem diante da minha janela (com nevoeiro, porque aí é de uma beleza pungente). Levaria família, amigos, livros, música, aquele que acabamos de perder, e o homem amado. Ah, e as minhas velhas crenças de que não somos totalmente omissos ou sem caráter, portanto este país ainda tem jeito — embora neste momento eu não tenha muita fé nisso.

Achei que em Pasárgada eu correria menos risco de me tornar descrente: eu, que detesto o ceticismo, não vivo bem com os pessimistas, agora tenho medo de me contagiar. Podia me livrar da suspeita de que por trás de tudo isso existe algo muito sério, gravíssimo, que nós, rebanho alienado, desconhecemos. Quem sabe até terminasse o romance que venho escrevendo, num compasso de desânimo que nada tem a ver com literatura: nasce do meu amor por este país, a quem dei meus filhos e meus netos para crescerem nele.

Mas então, entre lideranças que negavam qualquer problema, fazendo afirmações estapafúrdias e divertindo-se talvez com nossa agonia, soprou um vento de lucidez e autoridade — parece que as coisas se reorganizam. Botar a casa em ordem ao menos nos aeroportos não podia ter levado tanto tempo, pobres de nós, mas hoje não precisarei ter medo se um de meus filhos viaja de avião.

286 | *lya luft*

Lá não interessariam a política, a corrupção, as finanças, as deslealdades e as doenças. Não haveria amigos queridos enfermos, nem receio de perder mais alguém porque as perdas andam demasiadas. Não haveria terrorismo, carnificina por omissão, nada.

Haveria nuvens, claridades, cores e paz.

E música.

Mas haveria o tempo, e o amanhã que é um enigma.

Sabe lá o que vai acontecer entre a primeira e última palavra deste parágrafo...

E, assim, na última hora decidi ficar. Acho que me sentiria como quem deserta um grupo com o qual tem laços muito fortes: meus leitores. Os que me acompanham e os que pensam diferente, até os indignados — às vezes por terem lido algo que nem estava ali. Todos são importantes para mim. Com eles tem sido imensamente estimulante partilhar alegrias e preocupações, descobertas ou receios.

Afinal somos irmãos, filhos desta mãe, que, com decoro, firmeza e vontade, será melhor do que qualquer Pasárgada inventada. Mas na minha Pasárgada, essa para a qual eu quis fugir, não existiriam decepção, abandono, doença, nem despedida alguma.

Toda a alegria seria para sempre moradora tranquila desta casa que chamamos vida.

as coisas humanas | 287

86 | *Falar cachoeiras*

Falamos cascatas, cachoeiras, mares e rios.

Quando pequena, acho que eu falava mais ou menos sem parar, pois lembro minha mãe, entre zangada e divertida, ou desesperada, com as mãos nas têmporas, dizendo "pelo amor de Deus, filha, para um pouco de falar, de perguntar, já estou ficando tonta. Vai falar com seu pai".

Falamos em geral sem muito pensar. Raramente uma lagoazinha de silêncio. Sem parar, sem refletir, disparamos palavras que às vezes machucam, dispersam, enganam. Quando alguém, menos informado, se punha a falar, a discorrer e se possível doutrinar para os pobres presentes mesmo num encontro mais do que informal, às vezes meu pai — discretamente ou depois do ocorrido — comentava: "Uma das piores coisas numa reunião é o burro entusiástico falante. Aquele que não entende direito, mas se acha doutor no assunto."

"Somos muitos", bradava o diabo que tinha possuído um pobre sujeito, depois libertado por Cristo segundo os Evangelhos. Pois atualmente parece que nos multiplicamos,

288 | *lya luft*

nunca vi tanta gente entendendo de arte, ética, moralidade (não falo em moralismo, que detesto), política, economia e o resto que anda nos atormentando.

Existirá mesmo um conceito universalmente adotado ou adotável de arte, por exemplo? Ou dezenas deles por este mundo conforme a cultura, as crenças, as filosofias e o conhecimento — ou arrogância?

No fundo mais fundo, confesso que não me interessa muito, estou cada vez mais individualista. Me perdoem os politicamente corretos, mas muita coisa nesse conceito acho falsa e dispensável. Prefiro a vida, a coisa vital, espontânea, viva, até para admitir que não sabemos muito, e que é melhor não opinar (ou zurrar).

As mais loucas opiniões sobre arte vêm sendo expressas, igualmente as mais confusas noções de censura, por exemplo. Se havia conceitos gerais sobre ela, foram sendo desfeitos nas últimas décadas, e também isso não vou comentar: cabe aos filósofos e teóricos do assunto.

Não me atrevo a dar mais um pio sobre o assunto de certa exposição ou exposições que levantaram grande alarido pelo país inteiro (como se vê, estou prudente ou covardemente rodeando o assunto, por preguiça ou ceticismo).

Estamos falando demais, escrevendo demais, berrando demais, acusando demais, nos achando, demasiadamente, o máximo. Jorrando opiniões, brandindo o dedo na cara de todos, com uma imodéstia espantosa.

Outro dia, relendo uma biografia da atriz Katharine Hepburn, a quem muito admirei e admiro, encontrei a deliciosa passagem em que, no seu primeiro encontro

as coisas humanas | 289

com Spencer Tracy, grande ator que seria seu parceiro em muitos filmes e na vida, ela lhe disse: "Mr. Tracy, lamento mas acho que sou um pouco alta para você." E ele, curto e simples, respondeu: "Não se preocupe, Miss Hepburn, eu vou reduzi-la ao tamanho exato."

Talvez a gente esteja precisando olhar no espelho, ou para dentro de si mesmo, e ver se nosso tamanho não está bem diferente do que imaginávamos, inadequado para outra pessoa, outras pessoas, ou as realidades deste momento difícil, mais do que fluido, épico, em que seria bom refletir um bocado sobre nossa dimensão pessoal.

Muito mais ponderados, com essa difícil postura chamada respeito, sem a qual somos uma manada desembestada correndo sem saber para onde, ou por quê.

(Sim, eu não sou sempre simpática.)

87 | À *beira do abismo*

"De que a senhora tem medo?", foi a pergunta bastante original numa dessas entrevistas recentes.

Pensei e disse: morro de medo de muita coisa, mas acho que com o tempo passei a ser mais corajosa (e achei, eu mesma, graça do que dizia). Principalmente, medo de qualquer mal que possa acontecer a pessoas que eu amo.

Acidente, assalto, doença.

Sei o que é sentir-se impotente quando algo gravíssimo acontece com algum deles. No fundo mais fundo da mente, vem a indagação insensata e tola, mas pungente: como não pude proteger meu filho adulto de uma morte súbita no mar que ele amava?

Disfarçamos nossos tantos medos. Fingimos ser superiores, batendo grandes papos sobre dinheiro, futebol, sacanagem, política, ninguém levando porrada — como diria Fernando, o Pessoa. Empregamos palavras grandiosas, até solenes, que usamos como tapa-olhos ou máscaras para que a verdade não nos cuspa na cara, e nos defendemos do

as coisas humanas | *291*

rumor que nos ameaça botando fones de ouvido enquanto caminhamos na esteira, para ficarmos em forma.

Mas individualmente temos medo e solidão; como país, presenciamos escândalos nunca antes vistos. A violência é cotidiana, o narcotráfico nos ameaça, mais pessoas foram assassinadas por aqui do que nas guerras ao redor do mundo nos últimos anos. Andamos encolhidos dentro de casa. Estão cada vez mais altos os muros do medo e do silêncio.

A gente se lamenta, dá palpites e entrevistas, organiza seminários. Resultado? Parece que nenhum. Projetos e reformas?? Melhor não saber. Mas sou da tribo (não tão pequena) dos que não se conformam. Não acredito em revolução a não ser pessoal. Em algumas coisas sou antipaticamente individualista. Quando reuniões, comissões, projetos e planos não resolvem — é o mais comum — pode-se tentar o mais simples. Às vezes ser simples é original: começar pela gente mesmo. Em casa.

Com as drogas, por exemplo, por que não?

Cada vez que, seja por trágica dependência, seja por aquilo que minha velha mãe chamava "fazer-se de interessante", um de nós consome uma droga qualquer (mesmo o cigarrinho de maconha dividido com a turma), está botando no cano de uma arma a bala — perdida ou não — que vai matar uma criança, uma mãe de família, um trabalhador. Nosso filho, quem sabe.

Há quem me deteste por essas afirmações, dizendo que sou moralista, radical. Há quem tenha se sentido pessoalmente agredido, insultado. Não foi, nunca foi assim. Não sou assim. Apenas, observo, acompanho, muito drama

292 | *lya luft*

desnecessário, muita tragédia talvez evitável — mas a gente preferia ignorar o abismo.

Há muitos anos visitei várias vezes uma famosa clínica de reabilitação no interior de São Paulo. Alguém muito querido de amigos meus estava lá internado, e voltava com frequência. O que vi, senti, me disseram e eu mesma presenciei, nunca vai me deixar. A dor das famílias até hoje me persegue.

Num jantar, há muito tempo, um conhecido desabafou com grande culpa que anos atrás costumava fazer-se de pai amigão fumando maconha com os filhos adolescentes, para estar mais próximo deles. Um dos meninos sofreu gravíssimos problemas de adição pelo resto da vida, morreu de overdose — e nem todo o amor dos pais, dos irmãos, dos amigos, ajudou em nada.

Sim, a vida pode ser muito cruel. Nessas tragédias familiares só há vítimas, alguns são mais responsáveis do que outros, mas não podemos apontar o dedo para ninguém.

Com dor, a gente descobre que não tem graça nenhuma, brincar nas beiradinhas do abismo.

as coisas humanas | 293

88 | A *dádiva*

Nesta trepidante cultura nossa, da agitação e do barulho, gostar de sossego é uma excentricidade.

Este menino está muito quieto, está doente, dizemos. Você anda muito calado, está deprimido? Quer um Prozac, um uisquinho vai bem?

Porque estar menos contente, ou até bem infeliz, parece ofender os outros. Ninguém aguenta sofrimento. Alegria é um dever. Por amor de Deus, queremos eventualmente dizer, me deixem quieta sofrendo, não peçam para eu reagir, e não chorar, nos piores momentos da minha vida.

Sob a pressão do ter de parecer, ter de participar, ter de adquirir, ter de qualquer coisa, assumimos uma infinidade de obrigações, compromissos, nossa frasezinha mais habitual é "ando numa corrida só". Muitas coisas desnecessárias, outras impossíveis, algumas que não combinam conosco nem nos interessam. Mas, sempre, contentes da vida, bem-sucedidos, alegrinhos. Fracasso, tristeza, depressão quase parecem vergonhas a serem escondidas.

Não há perdão nem anistia para os que ficam de fora da ciranda: os que não se submetem mas questionam, os que pagam o preço de sua relativa autonomia, os que não se deixam escravizar, pelo menos sem alguma resistência. O normal é ser atualizado, produtivo e bem informado. Entusiasmado com qualquer coisa. É indispensável circular, estar enturmado. Quem não corre com a manada praticamente nem existe, se não se cuidar botam numa jaula: um animal estranho.

Acuados pela opinião alheia, disparamos sem rumo — ou em trilhas determinadas — feito hamsters que se alimentam de sua própria agitação. Ficar sossegado é perigoso: pode parecer doença. Recolher-se em casa ou dentro de si mesmo ameaça quem leva um susto cada vez que examina sua alma.

Estar sozinho é considerado humilhante, sinal de que não se arrumou ninguém — como se amizade ou amor se "arrumasse" em loja. Com relação a homem pode até ser libertário: enfim só, ninguém pendurado nele controlando, cobrando, chateando. Livre! Mulher, não. Se está só, em nossa mente preconceituosa é porque está abandonada, ninguém a quer.

Além do desgosto pela solidão, temos horror ao sossego. Adultos mais calados estão com problemas, são paranoides, escondem alguma coisa. Criança que não brinca ou salta, nem participa de atividades frenéticas, está com algum problema.

O silêncio nos assusta por retumbar no espaço vazio dentro de nós.

as coisas humanas | 295

Quando nada se move nem faz barulho, notamos as frestas pelas quais nos espiam coisas incômodas e mal resolvidas, ou se enxerga outro ângulo de nós mesmos. Nos damos conta de que não somos apenas figurinhas atarantadas correndo entre casa, trabalho e bar, praia ou campo. Existe em nós, geralmente nem percebido e nada valorizado, algo além desse que paga contas, transa, ganha dinheiro, e come, envelhece, e um dia (mas isso é só para os outros!) vai morrer.

Quem é esse, que afinal sou eu? Quais meus verdadeiros desejos e medos ocultos, meus projetos e sonhos ainda não realizados, talvez impossíveis? E se eu não for um sucesso?

No susto que essa ideia provoca, queremos ruído, ruídos. Chegamos em casa e ligamos a televisão antes de largar a bolsa ou pasta. Não é para assistir a um programa: é pela distração. Silêncio faz pensar, remexe águas paradas trazendo à tona sabe Deus que desconserto nosso. Com medo de ver quem — ou o que — somos, adia-se o defrontamento com nossa alma sem máscaras. Mas, se a gente aprende a gostar um pouco de sossego, descobre — em si e no outro — regiões nem imaginadas, questões fascinantes e não necessariamente ruins.

Nunca esqueci a experiência de quando alguém botou a mão no meu ombro de criança e disse:

— Fica quietinha, um momento só, escuta a chuva chegando.

E ela chegou: intensa e lenta, tornando tudo singularmente novo. A quietude pode ser como essa chuva: nela a gente se refaz para voltar mais inteiro ao convívio, às tantas frases, às tarefas, aos amores. Então, por favor, me deem isso, que minha mãe aquela vez me deu: sentir a natureza. Um pouco de silêncio bom, para que eu escute o vento nas folhas, a chuva nas lajes, e tudo o que fala muito além de nossas cotidianas vozes, textos e música.

Não precisamos sempre de palavras.

as coisas humanas | 297

89 | *Dupla mirada*

Não gosto de escrever coisas negativas, mas às vezes escrevo.

Digo que tenho um olho alegre que vive, e um olho triste que escreve: muitas vezes os dois se misturam numa só mirada.

Mas de modo geral sou uma incorrigível otimista — com minhas sombras e dores como qualquer pobre mortal, com meus desabafos às vezes indevidos, com minhas horas de querer, como criança, deitar no chão e espernear.

Às vezes porém há demais sombras feias e ameaçadoras na paisagem: escandalosas omissões causando tragédias que sacrificam vidas. Guerras e guerrilhas, terrorismo, tiroteios em escolas ou locais pacíficos, milhares morrendo de fome, refugiados sem ter onde se refugiar porque ninguém os quer, em navios que tentam algum porto com sua carga humana em situação desumana, os olhos parados e vazios de esperança. Homens, velhos, mulheres, crianças, bebês.

Não posso curar o mundo. Não posso nem curar minhas próprias mazelas. Mas morre, de abandono e crueldade, de acidentes evitáveis, de negligencias criminosas, gente demais nesta terra.

"E as almas?", perguntei imediatamente à minha filha quando soubemos de mais um terrível desastre. Centenas de almas, pensei, pois acredito nelas. Por elas rezamos e acendi velas. Adianta? Possivelmente só para me dar algum conforto, mas, pelo sim, pelo não, sempre escolho cuidar das "minhas" almas: as de qualquer ser humano são de todos nós.

Esta manhã vi que encontraram uma criancinha morta largada num matagal; ou num areal; ou numa beira de estrada, de capim mal roçado. Num rio perigoso, uma menininha morreu agarrada ao pai, que a vinha resgatar. Porque ninguém os queria. Hoje, ontem, amanhã, nada de raro ou inusitado. Logo essas notícias serão substituídas por outras tragédias, e talvez a gente vá ficando calejado porque o mundo entra em nossa sala, neste tempo sem fronteiras.

Mas aqui, agora, essa ferida sangra, e pulsa, e se inflama. Precisamos nos aliviar, nos perdoar, mas de que se nem estávamos presentes, se nem é neste nosso país, se nem sabíamos de nada... e se soubéssemos pouco poderíamos fazer além de falar, gritar, escrever e nos sentir inúteis??

Na hora ficamos alarmados, condoídos e solidários, mas vamos esquecendo, talvez porque não se consiga acumular tanta tristeza e preocupação. Precisamos, também, das notícias boas, do carinho dos outros, de alguma paz interior, de algum entendimento das nossas próprias dores

as coisas humanas | 299

e de mais tolerância com as alheias; do cultivo das alegrias que vêm da natureza, do cotidiano, dos amores, da arte, das belas memórias que nos iluminam, e das esperanças que nos fazem prosseguir.

Mas, apesar da futilidade, da correria, do cansaço, dos dilemas e dramas de sempre, das doenças de pessoas queridas, das perdas pequenas ou brutais, somos todos irmãos desses que foram ou serão velados, aqui e no exterior, e enterrados, e dos outros que continuarão congelados na lama, debaixo de brumas tristonhas. E pensamos nos desertos, e lamaçais, e terras ensanguentadas — porque também fazemos guerras. E nos seres esqueléticos, porque por toda parte passam fome; e nas mortes fúteis, apenas porque não há medicamento essencial. E nos sofrimentos silenciosos porque alguém foi cruel, agressivo, sem razão alguma além da sua própria raiva ou medo ou dor... mas o outro ficou ferido.

Eu vejo, enxergo isso, com a impotência dos meus dois olhos tristes.

90 | *Lobos e cordeiros*

O homem é o lobo do homem.

A velha frase romana que se perpetuou vai-se provando realidade, pois, repito, somos animais predadores: cada vez mais, ao menos nestes dias, estamos devorando alguém. Não como verdadeiros canibais, mas morais, cibernéticos, numa assustadora ânsia de denegrir o outro.

Diferenças ideológicas servem para querer sujar. Mudanças políticas dão motivo para decapitar. Manifestações variadas fazem a gente jogar no lixo pessoas que não nos fazem mal, que possivelmente nem entendemos, cuja situação desconhecemos, mas a quem não concedemos a liberdade do pensamento diferente (enquanto isso vociferamos sobre democracia).

Quando tanto se fala em diversidade, ela não é respeitada no terreno da política, da filosofia, da postura. Mentira que queremos democracia: queremos a ditadura mental e moral mais fascista e destrutiva do mundo, que é a nossa. E, mesmo sem documento, sem fundamento, espalhamos debochadamente acusações, às vezes até meias-verdades que melhor seria ficassem discretas.

as coisas humanas | 301

Enfim, nestes tempos esquisitos, não sabemos quem é pró ou contra coisa nenhuma, porque em poucas horas tudo pode mudar — não por ideal ou ideologia, mas por medo, interesse ou outro motivo não muito nobre. Nosso amigo vira nosso inimigo. Denegrimos nosso amigo por sua postura política: a amizade morre, o respeito sucumbe, a dignidade nossa e do outro também, pois quem xinga o outro está-se expondo.

Na lista de candidatos a qualquer coisa, a maioria tem rabo preso e todo mundo sabe. A lista de insultados que muitas vezes nada têm a ver cresce a cada dia. Mesmo que alguém tome uma atitude que não aprovo, não é muito legal expô--lo nas redes sociais como nas medievais fogueiras em que centenas de inocentes foram assados vivos enquanto a turba assistia deliciada e louca, comendo suas marmitas, tricotando suas roupas, refocilando na ignomínia e nos horrores.

Talvez eu exagere, mas me dá calafrios ver, ler, constatar a cada hora a facilidade com que apontamos o dedo para o outro — apenas um ser humano com direito a postura, compostura e opinião, até engano — com um prazer no mínimo preocupante.

Ninguém deve ser um cordeiro pacífico que engole todos os sapos; não é possível também ser, rapidamente, o lobo feroz que sem pensar dilacera corpo e alma de vítimas que em geral nem conhece direito. Ai de quem tente explicar, ou defender, ou ao menos justificar a postura, as palavras, o jeito de algum conhecido ou amigo que — sabemos — não está sendo tratado com justiça. No mínimo, receberemos um obtuso e irracional "vocês se merecem!".

302 | *lya luft*

Na verdade, se não formos muito éticos, extraordinariamente decentes, o poder, qualquer que seja, nestes dias faz manifestar-se o pior em alguns de nós. Isso não é política, isso não é democracia.

Sinto muito.

Os verdadeiros lobos nem raciocinam nem são maldosos: seguem seu instinto. Matam para comer, para proteger sua ninhada. Nós seguimos nossos desejos, pensamentos e frustrações inconfessáveis. E à semelhança do menino de colégio ou jogador de futebol que faz uma falta grave, óbvia e registrada, levantamos os braços com ar de espanto, a cada maldade cometida, seja um tapa, uma injúria, uma ingratidão, uma crítica amarga:

"Como? Eu?"

as coisas humanas | 303

91 | A *casa da vida*

Escrevo sempre sobre pessoas, e casas. (Também mar, distância, aflição.)

"Que importância tem a casa, as casas, para a senhora?", me perguntam.

Resposta: Toda.

Muita.

Imensa.

A casa em que nasci, cresci, e frequentei muitos anos, mesmo depois de casada, continua sendo, para mim e meus filhos, uma espécie de paraíso perdido. Cidadezinha tranquila, cheia de verdes, e aquela casa, espaçosa, sem luxo mas muito carinho e alegria (regras e castigos também, sejamos verdadeiros); o enorme jardim onde, por incrível que possa parecer, em plena cidade havia um laguinho rodeado de românticos salgueiros.

Férias, feriados, vida, tudo era especial por ali. Outro dia um de meus filhos me disse que ainda lembrava "o perfume dos lençóis da casa da avó". Nas telas de minha filha, seguidamente vejo temas de delicadas memórias de

304 | *lya luft*

lá, sobretudo jardim. E, delicadamente, muitas vezes ela coloca em algum lugar ali minha figura de criança de uns três anos, para quem aquele jardim, aquela casa eram o mundo — e onde estão as raízes de minha obra.

Mais tarde, nesta minha cidade de agora, já casada, finalmente conseguimos comprar uma casa. A primeira, minúscula: fomos muito felizes nela, mas cedo tivemos de transformar a garagem em nosso escritório para poder dar quartos separados para meninos e menina já querendo seus espaços. Então a casa maior, onde moramos por três décadas.

Casas são para mim como cidades: não me imaginava morando fora da minha cidadezinha natal, hoje uma bela cidade universitária; não me imaginava morando fora de Porto Alegre, onde estou desde meus dezoito anos. Os pouquíssimos anos que passei no Rio foram de nostalgia, saudade até daquele talinho de grama batido pelo sol no jardim da frente. Por fim voltar para esta cidade, dolorida, mas respirando aliviada o cheiro de lareira nas noites de inverno. Mais tarde o emocionado retorno à nossa antiga casa: aconchego, convívio, projetos, contentamento, porto seguro. Mais uma vez tristeza e sombra, pois a vida é essa alternância quase bizarra.

Filhos casando, crianças nascendo, gente jogando vôlei na piscina. Gritos, risadas, também despedidas: viagens para muito longe... e as inevitáveis mortes na família, entre amigos, algumas de jovens ou crianças (dessas, eu lembro, antigamente a igreja tocava um sino de voz quase infantil, e todo mundo na cidadezinha sabia: morreu uma criança).

as coisas humanas | 305

Novo momento da vida, tanto tempo depois: pertinho da minha casa, onde criei meus filhos: mesmo bairro, pois tenho uma tola fobia de separação. Aqui, no terraço onde ainda dão fruta a jabuticabeira, a pitangueira e as laranjinhas do jardim antigo, estou de novo ancorada.

Nenhum luxo; simplicidade e aconchego. Pessoas que chegam dizem: "Este lugar tem a tua cara como sempre." Espero que seja uma cara razoavelmente boa. Hoje também há uma casinha rústica na serra, onde se acumulam muitas doces memórias, e convivemos com borboletas, aroma de mato, vento nas ramagens, música da chuva, lareira mesmo quando não faz muito frio.

(Sussurros de fadas e risadinhas de duendes quando fica escuro.)

Aqui procurei falar também da alegria, nossa tarefa necessária muitas vezes esquecida. Ela faz parte da construção da casa da vida, das relações, de tudo o que tanto amamos.

Muitas vezes falhamos na bondade, na gentileza, no amor, no acolhimento, como em casas sem janelas, sem jardim, sem sol, sem segredos bons. Difícil construção: não somos arquitetos, somos amadores.

92 | *Sonho de consumo*

No curso da vida a gente faz umas descobertas engraçadas sobre si mesmo.

E será assim até o final, espero.

Como certa vez quando, falando com jornalistas antes de uma palestra em São Paulo, um deles, muito jovem, disparou a pergunta que nunca tinham me feito: "Qual é o seu sonho de consumo?" Parei, sorri, surpreendida, e sem precisar pensar respondi: "Meu sonho de consumo? Ficar quieta." Era uma longa fase de muitas viagens para palestras e lançamentos. Era bom curtir o afeto dos leitores, era bom promover um livro. Mas eu estava cansada, me sentia dispersa.

No avião, voltando para casa, fui monologando coisas como: "Ora, se eu quero mesmo ficar mais quieta, por que não faço isso? Por que não diminuo esse giro de viagens e encontros, e não curto mais o sossego que me falta?"

Sem muito programar, que sou mais de impulsos, comecei a aprender a arte de recusar sem ofender — nada fácil. Os convites mais simpáticos (quase todos são assim) tiveram

as coisas humanas | 307

de ser reduzidos, e como fazer essa seleção? Sempre havia uma razão verdadeira: estar preparando um novo livro; atender alguma coisa na família; ou simplesmente estar cansada. "E se um dia não te convidarem para mais nada?" Bom, aí eu também não vou gostar nada! O jeito é dosar.

Fiquei bem mais feliz assim. Certa vez perguntaram a minha filha onde seria mais fácil encontrar a mãe, e ela respondeu. "Em casa." Há quem estranhe: "Você quase não tem vida social, não frequenta os mais novos restaurantes, nem clubes nem grupos..." Obedeci ao meu mais antigo e honrado desejo. Quando estou nessa falsa vagabundagem lírica, talvez de livro na mão até sem ler nem pensar nada especial, é que as coisas "se fazem" dentro de mim: futuros personagens ou só encantamentos fugazes.

Pode ser que nesta fase da vida eu precise estar assim, com família, amigos, o parceiro cúmplice, paisagem linda, o refúgio na serra, livros, e tantos ótimos programas que — apesar dos protestos — a boa televisão oferece: agora, um concerto de Mozart para piano, tocado por um Barenboim jovem. Pois é: televisão não tem só coisa ruim.

E ainda por cima, neste momento, começa a chover mansinho — meu sonho de consumo eterno.

93 | *Pequena clareira na confusão*

Em tempos de loucura, confusão e agitação, as coisas pequenas e simples nos ajudam a pensar que afinal o mundo tem sua ternura, sua alegria.

Mesmo quando nos parece distorcido como um quadro de Dalí, ou desfeito e mal remontado como alguns Picassos: aqui e ali sentimos uma punhalada doce no coração, sim, é isso, sim, era isso.

Tenho plena consciência, e sei da graça e do valor das conversas de meus netos e netas quando almoçam comigo: a escola, professores e colegas, amizades, descobertas, problemas e façanhas, decepções, passeios, festas, algumas preocupações precoces.

Tudo fascinante para mim que os vejo e escuto, descobrindo aqui e ali traços dos pais deles, ou meus mesmo. Que mágica corrente de genes lhes transmite esse modo de falar, de olhar e gesticular, de sorrir ou se zangar, às vezes até de pensar?

Então, remexendo (tentando arrumar) algumas inacreditáveis gavetas e o armário de meu escritório — que

as coisas humanas | 309

é minúsculo —, achei antiquíssimas crônicas minhas contando graças familiares.

Foi como achar uma pequena clareira numa confusão de velhas árvores e raízes.

E aqui compartilho.

Minha filha tinha menos de dois anos, e resolvemos que estava na hora de lhe dar um primeiro cachorro-quente. Era uma manhã de frio e sol na calçada diante da lanchonete. Ela teve de segurar o pão com as duas mãozinhas, um cachorro absolutamente simples, pão com salsicha sem nenhum requinte. Segurou, parada firme nas duas perninhas, analisou muito séria, levantou os olhos querendo entender por que lhe dizíamos: "Come, filhinha, é um cachorro-quente!"

Ela acreditava nos adultos, então botou o dedo numa ponta de salsicha que emergia do pão, e confirmou confiante: "Sim, aqui tá o rabinho dele!"

Continuando com essa crônica tão antiga e tão viva ainda: o menininho da mesma idade, sentado na piscina de plástico no pátio, de repente olhou para baixo e gritou arregalando aqueles incríveis olhos azuis:

"Mãe, mãe, olha aqui, um buraco na minha barriga!"

Corri para ver e era verdade: a criança tinha encontrado o umbigo de um anjo.

O menorzinho da casa, brincando no mesmo pátio, responde quando chamo para que entre em casa porque está chovendo (chuva miúda):

"Mãe, só tá chovendinho!"

310 | lya luft

E, meninada urbana, certa vez me assustaram dizendo, diante do frango assado na mesa:

"Mãe, esse frango é aquele de supermercado, né? Não é aquele com perninhas que corre no pátio da casa da titia!"

E me olhavam apavorados. Não lembro a resposta que dei, Possivelmente corri para a cozinha fingindo pegar algum talher.

Assim, o menino quase adormecido no colo do pai, ainda um rapaz, ergue as pálpebras sonolentas, e pergunta:

"Papai, quando a gente dorme, a alma também fecha os olhos?"

Entre esses papéis quase amarelecidos, um desenho de minha filha, então com uns sete anos. A figura de uma menina de cabelos castanhos, dando a mão para uma mulher loura, as duas rodeadas de flores, estrelinhas e borboletas. Bolhas de pensamento saíam da cabeça de cada uma.

Da filha: "Como é bom ser filha!"

Da mãe: "Como é bom ser mãe!"

Sim, éramos felizes.

E sabíamos.

as coisas humanas | 311

94 | *Os oitenta*

Tempos atrás, adolescentes da casa falavam entre si, com orgulho, de quantos anos logo estariam fazendo: duas fariam quinze, a irmã, dezenove. O primo vai fazer quinze, comentaram. E calcularam a idade dos outros primos, morando longe.

Comentei com naturalidade que em três anos eu faria oitenta.

Silêncio meio penoso, depois:

"Pô, Vó, oitenta é pesado!"

Comecei a rir: a ideia não tinha me ocorrido, acho que a passagem do tempo é apenas natural, ser criança, jovem, maduro, velho — apesar dos preconceitos que dependem muito mais do sentimento que se tem. Eu, confesso, acho esse número no mínimo engraçado. "O que tem de graça em fazer oitenta anos?", me pergunta uma amiga meio irritada. A primeira coisa que se tem a fazer é encarar isso com bom humor, pois é apenas natural, e é um privilégio, afinal de contas.

312 | *lya luft*

A graça, para mim, está em eu, esta aqui, ter tantas décadas de vida, e ainda ser, por dentro, a mesma de antigamente, assombrada com tudo, querendo entender o mundo — apenas agora sabendo que ele não é para ser entendido. É para ser vivido, sofrido, apreciado, contemplado. Pois é prodigioso em tudo, mesmo na miséria, na pobreza, na violência, na lua cheia, no mar resmungão, no calor dos tantos afetos que sustentam a gente ainda ferozmente em pé apesar de mais lenta no andar, com a bengala amiga. Das perdas trágicas que sofremos.

Ou alguém quereria ficar cristalizado nos vinte, sem mais experiências de vida, novas e ruins, uma existência estagnada?

Talvez devido à imagem que em geral se tem desta altura da vida: encarquilhados, tortinhos, indefesos, dentes postiços, quase alimentados com colher e mingau, a velhice nos assusta. Mas: muitos jovens ficam entrevados, doentes, sofridos, deprimidos — muitos velhos participam da vida, nada alienados diante das belezas em torno.

Não precisamos ser lindos ou atléticos, o que decididamente nunca fui, mas gostar de viver.

Mesmo quando uma perda trágica nos derrubou, de repente, aqui e ali, um galhinho verde muito claro desabrocha na galharia maltratada. Saímos dessa UTI em que a dor nos coloca, espiamos o corredor, olhamos as árvores lá fora: o sol, e as pessoas, os carros, o vento, uma aconchegante chuva, a vida ainda existe. E se estou nela não quero me arrastar, mas caminhar.

as coisas humanas

Começo a recuperar a capacidade de rir, sobretudo das minhas próprias bobagens, ou da graça e encantos dessa juventude animada que aparece aqui, sangue do meu sangue (expressão esquisita), filhos, netos, netas. E as amizades de tanto tempo. O parceiro com sua parceria. Os livros que escrevi, estou escrevendo, e os que leio sem parar — porque não perdi a curiosidade pelas tramas e dramas que envolvem o ser humano. Sem esquecer os leitores amados, alguns me seguindo há mais tempo do que eu teria imaginado.

Depois de receber — nos meus oitenta anos... — um grupo de amigas que nem preciso convidar porque me enchem de afeto mesmo se me escondo (sabendo que elas virão...), almocei com a família em casa, no aconchego de estarmos todos juntos.

E quem se foi, onde quer que esteja, vive e continua em nós que o amamos tanto — como um meteoro, forte, intenso, que deixou um rastro de memórias lindas. Nos queremos bem, não importa se temos quinze, vinte, cinquenta ou oitenta anos. E resistimos abraçados — até quando brigamos um pouco.

Oitenta?

Pode ser apenas mais um começo, sabe lá de quê: curiosidade, sempre; talvez uma viagem; outro livro botando a cabeça para fora do meu pensamento vago; uma nova paisagem — ou apenas uma nuance diferente de verde nas mesmas velhas árvores do parque.

95 | O grande silêncio

A maior parte das coisas nesta nossa vida não se explicam.

Às vezes é melhor nem tentar explicar, quanto mais entender. Podemos escolher entre manter a curiosidade acesa, o que torna a vida interessante, curtir a surpresa, ou fugir na cama com o cobertor puxado por cima da cabeça.

A grande perda, o grande enigma, o susto maior, naturalmente, é o fim de cada um de nós.

Onde, como, quando, por que eu?

Minha primeira experiência com morte foi a pomba-rola congelada que encontrei nas lajes do pátio certa manhã de inverno há tantas décadas. O passarinho me enterneceu, levantei do chão, contente por ele não fugir, enfiei debaixo do casaco junto do peito para que não sentisse frio. Meu pai tentou me explicar que não adiantava: a avezinha estava morta. Melhor enterrar no jardim. "Ali entre as roseiras da mãe."

as coisas humanas | 315

No curso da vida as mortes foram desfilando: tranquilas ou brutais, de velhos ou de crianças, os vivos entrando
na sua alameda de mistérios. Mortes fazendo parte da
vida. Já aos trinta e cinco anos, mãe de três filhos, perdi
meu pai: minha vida se dividiu em antes e depois.

Nessa hora perdi meu chão fundamental, meu amigo,
meu mentor, que estava sempre ali para mim e nunca
falhava.

No saguão da faculdade onde estava sendo velado,
altas horas da noite depois de viajarmos numa chuva
gelada, o primeiro choque foi a sua imobilidade e seu
silêncio. Não adiantava mais chamar seu nome, acariciar
seu rosto, seu cabelo grisalho tão igual ao de poucos dias
atrás. Não adiantava a dor me rasgando, a incredulidade,
a busca do apoio, do estímulo, de tantos significados.
Nem encontrei um bilhete de despedida que, meio des-
compensada, procurei por vários dias entre seus papéis:
não haveria motivo, uma vez que morreu de um modo
fulminante.

Suicidas deixam bilhetes: meu pai queria viver.

As mortes que enfrentei depois — exceto aquela, um
grande grito que nunca se calará da boca escancarada
da minha alma — foram silêncios se acumulando numa
nuvem infinita que quase passa despercebida a maior
parte do tempo.

Nestes dias de cruéis tragédias grassando pelo mundo,
na carnificina de inocentes, sobe o vazio do silêncio fatal
de tantas vozes. Todos mergulhamos em nós mesmos

numa hora dessas. A fatalidade enfia nossa cabeça nesse poço secreto: onde estão agora? Onde estão suas almas? Terão ficado perplexas, todas ali reunidas? No 11 de Setembro, muito imaginei aqueles tantos milhares de almas, e agora? Não estive mais em Nova Iorque, mas quem foi me fala de uma sensação de sacralidade e intensa, embora tranquila, presença da morte.

Não só a perda, mas até a eventual possibilidade da perda de uma pessoa amada é uma sombra real sempre à espreita. Aqui e ali, como um raio, esse aperto: este momento feliz não vai durar para sempre, essa pessoa também não, nem eu vou permanecer. O jeito é pensar que a vida é algo além de nascer, crescer, comer, procriar, trabalhar e acabar. Um pequeno consolo: depois de um bom tempo de puro horror, vamos entendendo: os que morrem, sendo amados, permanecem. Não só na memória, não só na nossa crença (para quem a tem), mas porque fazem parte de nós, do nosso afeto e nossa tristeza.

Nossos medos, nossas lembranças boas. Nossa alegria também. Começamos a nos salvar, aliás, quando conseguimos comentar alguma memória engraçada, e rir. Ao menos, sorrir. A gente lembra a voz, as manias, as palavras, o rosto, o jeito de andar, ainda que mais esfumados, e nos inquietamos, como era mesmo?

Porém a morte também nos deixa uma dádiva: vontade de sermos melhores, de cuidar mais dos outros e de nós mesmos, de viver (ou inventar) alguma forma de permanência.

as coisas humanas | 317

E, se conseguirmos ficar muito quietos, qu
agora a gente já escute, mesmo sem escutar, al
um rumor de mar ou folhas, do lado de lá, ond
morte, claro e escuro, realidade e imaginação se entre-
laçam, se fundem, se ocultam e se desvendam.

Para nós, amadores, indagar é melhor do que entender: o consolo talvez esteja em que nada faz muito
sentido. Porque, se uma parte de viver são escolhas, a
outra parte é milagre dos deuses.

* * *

No fim tudo estará apaziguado;
haverá um fechar de pálpebras
e um esquecimento;
não haverá mais começo nem fim,
nem pensamentos
porque serão supérfluos: tudo será intuição.
Não haverá mais palavras.

Este livro foi composto na tipografia
Minion Pro, em corpo 11/16, e impresso em
papel off-white no Sistema Cameron da
Divisão Gráfica da Distribuidora Record.